报告文学写作教程

零基础教你写报告文学

胡小平　著

北方文艺出版社

图书在版编目(CIP)数据

零基础教你写报告文学 / 胡小平著. —— 哈尔滨：
北方文艺出版社，2023.1
　ISBN 978-7-5317-5687-3

　Ⅰ.①零… Ⅱ.①胡… Ⅲ.①报告文学–文学创作–
创作方法 Ⅳ.①I055

中国版本图书馆 CIP 数据核字(2022)第 124453 号

零基础教你写报告文学
LINGJICHU JIAONI XIE BAOGAO WENXUE

作　者 / 胡小平
责任编辑 / 张贺然　　　　　　　　封面设计 / 云上雅集

出版发行 / 北方文艺出版社　　　　邮　编 / 150008
发行电话 / (0451)86825533　　　　经　销 / 新华书店
地　址 / 哈尔滨市南岗区宣庆小区 1 号楼　　网　址 / www.bfwy.com
印　刷 / 长沙市精宏印务有限公司　　开　本 / 880mm×1230mm　1/16
字　数 / 220 千字　　　　　　　　印　张 / 15
版　次 / 2023 年 1 月 第 1 版　　　印　次 / 2023 年 1 月 第 1 次印刷

书　号 / ISBN 978-7-5317-5687-3　　定　价 / 59.80 元

Contents ————————————————————————————

目录

一

零基础教你写报告文学

第一章
为什么要学写报告文学

　　为什么要学写报告文学，我们有必要一起看看下边这几段文字：

　　政府在干什么，取得了哪些进步和成就，存在哪些问题和不足，这都要及时反映出来，不仅要让群众知晓，还要主动接受群众的监督，以增强政府的凝聚力和向心力、号召力和战斗力，增强群众的自豪感和幸福感、责任感和使命感；政府出台了哪些新政策、新举措，哪些政策变更了或是废止了，这都不仅要做好宣传和解释工作，要让群众了解，还要让群众理解，得到群众的支持，对出现的偏差要及时纠正，出现的缺陷要及时修补；各单位各行业都有不少的先进事迹和典型人物，这些先进事迹和典型人物都要及时总结出来，报道出去，多传递正能量，多弘扬正能量，形成良好的社会氛围和投资环境，进而促进各项事业的全面高质量发展。

——某县县长工作报告

作为一家企业，我们不仅要做好品牌的宣传和推广，使受众在有需要或者接触到相关标志、色彩时，首先想到的是我们公司和公司的产品；我们不仅要让社会和群众了解公司的过去、现在和将来，还要让社会和群众了解我们的理念和文化，更要让社会和群众接受和使用我们的产品和服务，只有更多的人接受和使用了我们的产品和服务，我们的蛋糕才会越做越大，我们的效益才会越做越好；我们要把自身效益和社会效益有机地结合起来，勇于担当社会责任，为社会多做贡献，为社会做贡献就是为自己打基础，蓄力量；我们不仅要让社会了解公司的经营业绩，对当地经济社会发展做出的贡献，还要把我们的先进典型推向社会，把我们的文化展示出来，让社会和群众全方位地了解公司，得到社会和群众的认可和赞赏，从而吸纳更多的客户，提升客户的忠诚度，促进业务更快更好发展。

——某公司董事长在谈到品牌宣传和企业文化时这样说

我原本在一家大型公司上班，后来自己出来干了，还涉足了不同的行业，成了"斜杠青年"和自主创业者。现在像我这样的"斜杠青年"和自主创业者越来越多，而要想成功，就需要把自己推向社会，让别人知道你曾经干什么，正在干什么，干得怎么样，等等，这样才会有更多的可能，更多的机会。半年多以前，我的一个同学，一个写作爱好者，他写了一个小报告文学，写的就是我和我的店子，发表在省报上，没想到我和我的店子一下火了，我一口气开了两家分店。还有意思的是，就在我和我的店子火了的同时，我的那个同学也提拔了，到了一个更重要的岗位，而他的这一切就因为他写了那个小报告文学，被他单位的一把手看中了，说他是个人才。

——某自主创业者在接受采访时这样说

为什么要学写报告文学，我们还有必要一起分享下边这个真实的故事：

在 2016 年中国银行湖南省分行的"八一"复转军人座谈会上，有人绘声绘色地介绍了李桃辉三十年如一日热心社会公益的一些感人事迹，引起了行长的重视。会后行长把我请到办公室，要我尽快去一趟李桃辉所在的中国银行益阳分行，看她到底怎么样。当时我就想，如果她是不仅社会公益做得好，本职工作也干得出色，那这个典型的价值就大了，就能立得起来，树得起来。去益阳稍一了解，我的第一感觉是这个典型不错，有东西可写。

之后我数次去益阳，采访当地的公益机构负责人和长期关注李桃辉的媒体记者，采访她做公益的场所和人员，采访她资助过的对象和与她一同做公益的伙伴，采访她的领导和同事，采访她的家人和邻里，掌握了大量的素材，写了千把字的新闻小故事，写了数千字的通讯，但总觉得写得还不过瘾，没有把李桃辉的风采和神韵描绘出来，更没有把她的那种精神和情怀展现出来。于是，我想到了报告文学，想到了用报告文学来写李桃辉，并写出了近五万字的报告文学《爱的奉献》，发表在《文艺报》(节选)《湖南日报》(节选)、《中国金融文学》《湖南报告文学》等报刊上，之后还出版了报告文学《爱使桃辉》。

后来，中国银行益阳分行的员工带着《爱使桃辉》去政府部门联系工作，或是去拜访客户，或是去村镇普及金融知识，总是能收到意想不到的效果，会听到"中国银行不愧是百年老行，跨国大行，果然是有文化，有底蕴，还能培养出李桃辉这样的大好人""真是没想到，你们单位还有李桃辉这样的活雷锋啊"等等之类的赞美之词。

著名作家梅洁女士在她的《世上最难的写作》中说：

应该说，我至今认为我不是一个纯粹意义上的报告文学作家，我一直倾心于散文的写作。我还固执地认为，诗与散文的写作是我生命的另一种形式。然而，我要说，是报告文学给了我无上的荣誉，是这一最具诚实品格的文学样式，成就了我写作的光荣和生命的质地。

从1980年开始创作至今，几十年一路走来，我深感报告文学写作是世上最难的一种写作。在决定要从事这种写作之始，你必须做好准备：a.准备吃苦；b.准备一生要说真话；c.准备洞察社会的思想与知识储备；d.准备有目光选择有重要意义的题材进行创作；e.准备一腔体恤、关怀民众生活和底层人命运的情怀。当然，这最后两个也许不叫"准备"，叫"修炼"，或叫"岁月磨砺"。要说，报告文学的"最难"，以上五个准备，做到哪一个不难？五个都做到有多难？

……

作为一个写作者，倘若作品的文学价值被文学认可、社会价值被民众认可，那还有比这更大的快乐和开心吗？

中国报告文学学会副会长、著名作家陈启文先生在《我为什么写报告文学》一文中这样写道：

当我又一次出发时，一位风头正健的青年作家疑惑地问我，为什么要写报告文学？我能感觉到他的惋惜，他的一片好心我也理解，一个正在走过天命的人，应该抓紧时间写几部属于自己的作品，譬如，潜心创作几部长篇小说，这才是文学的正途与大道。而报告文学，在很多人眼里从来就不是纯文学，甚至是文学的身外之物。必须承认，在很长时间我一直是一个职业虚构者，一个所谓的纯文学写作者，我也更愿意生活在虚构之中。但在我从不惑走向天命之际，有越来越多的东西，逼着我去直面绝对不能虚构的现实。从南方罕见的冰雪灾害，到"谁在养活中国"的吃饭问题，再到现在的水利和水危机，我实在难以袖手旁观。当我眼睁睁地看着离我最近的洞庭湖正在干涸，离我最近的一条大河正在散发出刺鼻的味道，而这是我和我的家人每天都要喝的水，现在却被污染得不成样子了，那一条条直接伸向河道的排污管，还有那些对鱼类、鸟类下毒饵者，几乎是明目张胆地在水里投毒。我很想问问这位才气逼人的青年作家，这一切他可曾看见？其实根本就不用问，我看到的他也可以看见，只是，他很少走近一条河，一个优秀的作家，更重要的是走进自己的内心。

中国报告文学协会常务副会长、中国报告文学理论研究会会长李炳银老师在一次接受采访时说：

> 文学看起来是虚构，但是爱因斯坦讲了，逻辑可以使人从 A 点走到 B 点，但是生活可以使人从 A 点走向任何一个点。虚构已经不能解决问题。生活已经远远超过作家虚构的能力，许多事情作家在书房里是虚构不出来的。如果作者这时能了解生活，对创作肯定有好处。与其编没头没尾的故事不如写写身边的人。没有力量解答所有人的问题，但可以力求解答自己的思考。而报告文学又和小说诗歌不一样，它是写真实发生的故事，写可以对照的真实，可以验证的对号入座的事情，可以是日常那些看似小的但文化内涵很丰富的故事。
>
> 有个叫陈庆港的江苏人，从宁夏、甘肃、贵州、陕西等地找了 10 户老百姓，每年去走一遍，观察他们的变化，10 年走下来

看变化，写了部作品叫十四家。文中有几家生活水平变好了，但有几家日子过得还不如 10 年前。我们可以从文中作者所还原出来的真实的生活状态中看出，每一家的生活现状都体现了国家在发展过程中不平衡的地方。这种作品是有价值的。……如果把自己熟悉的东西放到一边，生活在虚构的状态下，很难写出好东西。其实报告文学是一个丰富人生的方式。比如，李春雷的《宝山》《摇着轮椅上北大》，写过官员、农民、抗日的故事。作家每写一部作品就打开了一个领域，接触到之前不可能接触到的内容。现在有些报告文学作家的写作生命很长。不像小说家，他的成名作就是他最后的作品。有些作家写完一部，把人生的经历都写进去了，就像淘一口深井一样把井淘干了。报告文学不是淘，而是汇聚。

　　……

　　确实，写报告文学很难、很辛苦，需要各种直接、间接的采访。那些害怕招惹是非、表达自己见解的人是无法写好报告文学的。何建明主席写的《落泪是金》，提到很多农村孩子没钱上学，作品发表之后这些学生得到了几十亿元的社会捐款，后来国家出台了相关措施，给他们提供助学金、贷款、打工机会，等等。这就是报告文学直接改变社会的作用。《大雁情》也是一样，国家科委就此出台了新的政策，把资金拨给基层、第一线的科学家。当作家看到自己的作品改变了国家的政策时，是一种何等的欣慰。其实人们最关心的是身边的事，我所处的生活环境是什么样，将来会有啥变化。水质好不好，雾霾啥时候结束？什么时候道路能不再拥堵？这些问题需要大家综合看。报告文学作家在这些问题上探究，就能得到关注。报告文学这种写实性的写作，是一种可为的事业，是可以搞出名堂的创作。

……鲁迅改变了中国人的灵魂，影响了中国人对社会的感受，以及对中国历史，对中国文化的感受。因此当作家，就应该当一个像鲁迅一样的作家。为中国社会的文明进步而写，为让老百姓正确认识这个社会，正确认识自己的生存环境、生存状态而写。优秀的报告文学可以影响人们对社会的感受，可以影响人对某个重大、矛盾事件的认识，它不是就事论事，也不是跟在新闻后面跑，而是有自己的主张。

写报告文学，写张三、李四，最终的目的不是为了写他，而是为了写"我"。这些真实的人、真实的事不过是被"我"借用而已。我们可以借用真实的人或真实的事，来表达自己对社会的认识。作家之所以是作家，报告文学之所以是创作，都是源于个人的行动。写作时我们不能仅仅做真实的搬运工，不能只简单地传递事实。我们应该跳出事实，比我们要写的人物站得更高，且不被他所左右。如果我们被事实左右了，那就是失败了。凡是比事实站得更高的人，最终都收获了成功。

报告文学作家，应该为社会的进步而写，为人民把生存环境看得更加清楚而写，为我们今后如何发展而写。好的报告文学可以延伸人的眼光和视野，让人们了解得更多，了解得更宽泛，可以延伸我们的听觉，使我们看到更多的东西，同时也能改变我们对社会的感受。报告文学，在有些时候，技巧性的东西算不了什么。能否抓住社会的脉搏、痛点，说真话、说真相，这些比玩弄技巧要重要得多。

现在我们身处的这个时代，我认为就是报告文学时代。

中国报告文学学会会长、著名作家徐剑先生认为：

一个伟大的时代，需要用纪实的文体来记录它的伟大变革与发展，这个文体就是报告文学。

由此可见，作为具有真实性、新闻性、文学性等特征的报告文学，正是记录新时代、书写新时代、讴歌新时代，讲好中国故事，传播好中国声音的一种好文体，是时代的需要、社会的需要，也是集体的需要、个人的需要。我们应该，也需要，更有必要学会写报告文学，用报告文学来反映社会现实、揭露社会问题、歌颂先进典型、弘扬中华美德，等等。这是我们应尽的责任，也是我们应有的担当。

第二章
什么是报告文学

在谈什么是报告文学之前，我们不妨先来读一读下边这三个短篇报告文学：《月塘村里茶油香》《谁是最可爱的人》《秋天的喜讯》。

月塘村里茶油香(节选)

◎ 胡小平

站在半山腰的油茶地里，望了望那郁郁葱葱、漫山遍野的油茶树，闻了闻那扑鼻而来、沁人心脾的茶花香，看着那一担担送下山、装上车的油茶果，我是醉了，真的醉了！

透过油茶树枝的间隙，我看到李运其在朝我招手，听到他在大声说都准备好了，只等我下山就开榨了。我抬腿就往山下跑。

在"嗨哟"声里，在撞击声中，黑褐泛黄的液体从缝隙间滴下来，流下来，滴香了整个院子，流香了整个山冲。"嗨哟"声停息了，撞击声停歇了，盛油的木桶满满的了。我用食指接了槽上最后那一滴欲滴还羞的油，用拇指和食指拧了拧，在鼻子下闻了闻，说这茶油真稠，真香。李运其说用这传统的木榨来榨油，只是一种仪式，也是一种传承。我点点头，说这里边是历史，也是文化。

茶籽饼又装填好了。我双手紧抓着撞杆，合着师傅的节拍，用力将撞杆往木楔上撞去。可就这一撞，把我撞醒了。

真是日有所思，夜有所梦了。十多天前，也就是2021年国庆节后的一个周末，我去湘潭县的月塘村采访，参观了李运其那近万亩的油茶林，了解到油茶这神奇的"东方树"不仅是经济林木，也对生态具有保护和改善作用，了解到茶油这神奇的"东方橄榄油"不仅是纯天然，而且具有比橄榄油更多有益于人体健康的成分之后，就满脑子是油茶和茶油了。

那天在油茶林里，李运其指着枝头上褐红色的果子，说再过半个月，这果子就可以陆续采摘，就要忙起来了，又说油茶与油棕、油橄榄、椰子并称世界四大木本油料植物，与核桃、油桐、乌桕并称为我国四大木本油料植物，全球除日本和东南亚少数国家有零星分布外，油茶只有中国大面积种植，是中国一宝呢。

车子在油茶林里穿行。看着一闪而过的油茶，李运其有几分自豪地说，他现在种植的油茶已有八千多亩，一山连着一山，绵延开去，一眼望不到边，油茶的海洋一般，看着都让人喜爱，还兴建了自己的茶油精加工生产线，有了自己的品牌——天子山茶油，实现了油茶种植和茶油加工一条龙，如今长年在公司干活领工资的乡亲有十多个，活忙时则有好几十，甚至上百人，老三就是长年在公司干活的一个。我朝他竖了竖大拇指。他轻轻摇了摇头，说还不够，油茶是乡亲们的"脱贫树"和"致富树"，他必须多种油茶，种好油茶，必须多加工茶油，加工好茶油，多让乡亲们从中得到实惠。

老三扛着锄头，背着竹筐从油茶林里走了出来。李运其说，老三这些年就跟着他干活，如今负责这一大片油茶的管理，已完全不是从前那个好吃懒做、游手好闲的大光棍了，每年不仅能在公司拿到好几万元的工资，自家栽种的几十株油茶也挂果了，前年成了家，去年又添了儿子。老三扬了扬手，见车子停下了，便凑过来，说过几天他儿子满周岁，请李运其去喝酒，又朝我笑了笑，说请我也去。

半个多月后的一个下午，我从山上下来，刚走进公司的院子，听到后边有人叫我，我回头一看，是背着竹筐的老三快步追了上来。我问他干什么来了。他指了指竹筐，说自家地里摘了几十斤茶籽，给公司送过来。我问他怎么非要送过来，不卖给贩子。他嘿嘿一笑，说公司收购的价格很地道，又付现钱，村上的人也大多把茶籽卖到公司来了；再说，自己在公司干活，在公司领工资，也不好意思卖给别人啊！

......

站在院子中央，李运其指着墙角，说他想在那儿建一个传统的榨油坊。不等我开口他又接着说，村上离长沙和湘潭、株洲都不太远，一路过来有成片的荷花，有成垄的大棚蔬菜，有上规模的花卉苗圃，那都是风景。我说他那连绵不断的油茶林，更是一道独特的好风景。他指着厂房后边的山坡，说那散养的土鸡用公司生产的茶油一炒，再一蒸，那味道可好了。我说那当然，如果再将传统的榨油坊建起来，那就有好看的，有好玩的，有好吃的，乡村旅游就带动起来了。他嘿嘿笑了笑，说我跟他想到一块儿去了。

沐浴着夕阳，李运其拉着我的手，说回想他的创业之路，还真是苦辣酸甜都有，三天三夜都有话可说。我说好，还就想听他说一说呢！

茶油的浓香从车间飘出来，香了院子，香了月塘村。

谁是最可爱的人（节选）

◎ 魏巍

在朝鲜的每一天，我都被一些东西感动着；我的思想感情的潮水，在放纵奔流着；我想把一切东西都告诉给我祖国的朋友们。但我最急于告诉你们的，是我思想感情的一段重要经历，这就是：

我越来越深刻地感觉到谁是我们最可爱的人！

谁是我们最可爱的人呢？我们的部队、我们的战士，我感到他们是最可爱的人。

让我还是来说一段故事吧。

还是在二次战役的时候，有一支志愿军的部队向敌后猛插，去切断军隅里敌人的逃路。当他们赶到书堂站时，逃敌也恰恰赶到那里，眼看就要从汽车路上开过去。这支部队的先头连（三连）就匆匆占领了汽车路边一个很低的光光的小山岗，阻住敌人，一场壮烈的搏斗就开始了。

敌人为了逃命，用三十二架飞机、十多辆坦克和集团冲锋向这个连的阵地汹涌卷来。整个山顶都被打翻了。汽油弹的火焰把这个阵地烧红了。但勇士们在这烟与火的山岗上，高喊着口号，一次又一次把敌人打死在阵地前面。敌人的死尸像谷子似的在山前堆满了，血也把这山岗流红了。

可是敌人还是要拼死争夺，好使自己的主力不致覆灭。这激战整整持续了八个小时，最后，勇士们的子弹打光了。蜂拥上来的敌人，占领了山头，把他们压到山脚。飞机掷下的汽油弹，把他们的身上烧着了火。

这时候，勇士们是仍然不会后退的呀，他们把枪一摔，身上、帽子上冒着呜呜的火苗向敌人扑去，把敌人抱住，让身上的火，把要占领阵地的敌人烧死。……据这个营的营长告诉我，战后，这个连的阵地上，枪支完全摔碎了，机枪零件扔得满山都是。

烈士们的尸体，做着各种各样的姿势，有抱住敌人腰的，有抱住敌人头的，有卡住敌人脖子，把敌人捺倒在地上的，和敌人倒在一起，烧在一起。还有一个战士，他手里还紧握着一个手榴弹，弹体上沾满脑浆，和他死在一起的美国鬼子，脑浆崩裂，涂了一地。另有一个战士，他的嘴里还衔着敌人的半块耳朵。在掩埋烈士们遗体的时候，由于他们两手扣着，把敌人抱得那样紧，分都分不开，以致把有的手指都折断了。……这个连虽然伤亡很大，但他们却打死了三百多敌人，特别是，使我们部队的主力赶上，聚歼了敌人。

……

朋友们，当你听到这段英雄事迹的时候，你的感想如何呢？你不觉得我们的战士是可爱的吗？你不觉得我们的祖国有着这样的英雄而值得自豪吗？

我们的战士，对敌人这样狠，而对朝鲜人民却是那样的仁义，充满国际主义的深厚热情。

在汉江北岸，我遇到一个青年战士，他今年才二十一岁，名叫马玉祥，是黑龙江青冈县人。他长着一副微黑透红的脸膛，稍高的个儿，站在那儿，像秋天田野里一株红高粱那样的淳朴可爱。不过因为他才从阵地上下来，显得稍为疲劳些。眼里的红丝还没有退净。

他原来是炮兵连的，在有一天夜里，他被一阵哭声惊醒了，出去一看，是一个朝鲜老妈妈，坐在山岗上哭。原来她的房子被炸毁了，又在山里搭了个窝棚，但窝棚又被炸毁了。回来，他马上到连部要求到步兵连去，因为步兵连的需要，就批准了他。

我说："在炮兵连不是一样打敌人吗？"他说："那，不同！离敌人越近，越觉着打得过瘾，越觉着打得解恨！"

在汉江南岸的日日夜夜里，有一天他从阵地上下来做饭。刚一进村，有几架敌机袭过来，打了一阵机关炮，接着就扔下了两个大燃烧弹。有几间房子着火了，火又盛，烟又大，不敢到跟前去。这时，他听见烟火里有一个小孩子哇哇哭叫的声音。

他马上穿过浓烟到近处一看，一个朝鲜的中年男人在院子里倒着，小孩子的哭声还在屋里。他走到屋门口，可是屋门口的火苗呼呼地已经进不去人，门窗的纸边已经烧着。小孩子的哭声随着那浓烟滚滚地传出来，听得真真切切。

……

朋友，当你听到这段事迹的时候，你的感觉又是如何呢？你不觉得我们的战士是最可爱的人吗？

谁都知道，朝鲜战场是艰苦些。但他们是怎样的呢？有一次，我见到一个战士，在防空洞里吃一口炒面，就一口雪。我问他："你不觉得苦吗？"他把正送往嘴里的一勺雪收回来，笑了笑，说："怎么能不觉得！咱们革命军队又不是个怪物！不过我们的光荣也就在这里。"他把小勺儿干脆放下，兴奋地说："拿吃雪来说吧。我在这里吃雪，正是为了我们祖国的人民不吃雪。他们可以坐在挺豁亮的屋子里，泡上一壶茶，守住个小火炉子，想吃点什么，就做点什么。"他又指了指狭小潮湿的防空洞说："你再比如蹲防空洞吧。多憋闷得慌哩，眼看着外面好好的太阳，光光的马路不能走！可是我在那里蹲防空洞，祖国的人民就可以不蹲防空洞呀。他们就可以在马路上不慌不忙地走呀。他们想骑车子也行，想走路也行，边溜达边说话也行。那是多么幸福的呢！所以，"他又把雪放到嘴里，像总结似的说："我在这里流点血不算什么，吃点苦又算什么哩！"我又问："你想不想祖国呀？"他笑起来："谁不想哩，说不想那是假话。可是我不愿意回去。如果回去，祖国的老百姓问：'我们托付给你们的任务完成得怎么样啦？'我怎么答对呢？我说'朝鲜半边红，半边黑，这算什么话呢？'"我接着问："你们经历了这么多危险，吃了这么多辛苦，你们对祖国，对朝鲜有什么要求吗？"他想了一下，才回答我："我们什么也不要。可是说心里话，我这话可不定恰当呀。我们是想要这么大的一个东西，"他笑着，用手指比个铜子儿大小，怕我不明白，又说："一块'朝鲜解放纪念章'，我们愿意戴在胸脯上，回到咱们的祖国去。"

......

亲爱的朋友们，当你坐上早晨第一列电车走向工厂的时候，当你扛上犁耙走向田野的时候，当你喝完一杯豆浆，提着书包走向学校的时候，当你安安静静坐到办公桌前计划这一天工作的时候，当你向孩子嘴里塞着苹果的时候，当你和爱人悠闲散步的时候，朋友，你是否意识到你是在幸福之中呢？

你也许很惊讶地看我："这是很平常的呀！"可是，从朝鲜归来的人，会知道你生活在幸福中。请你们意识到这是一种幸福吧，因为只有你意识到这一点，你才能更深刻了解我们的战士在朝鲜奋不顾身的原因。

朋友！你已经知道了爱我们的祖国，爱我们的伟大领袖毛主席，请再深深地爱我们的战士吧，他们确实是我们最可爱的人！

秋天的喜讯(节选)

◎ 纪红建

一

"嘎吱——"

袁隆平院士急不可待地迈出自家小院的门。

翠绿的禾苗，在风中齐刷刷弯腰点头，仿佛在向这位"稻田老兵"鞠躬行礼。

半个月前，袁隆平在长沙马坡岭这个幽静的院内过了九十岁生日。他年事已高，已不能频繁奔走在全国各地的杂交水稻基地。省农科院便在袁隆平住宅旁开发一块试验田，让他拉开窗帘就可以看到禾苗，走上几米就能与它们亲密接触。

袁隆平紧走几步，蹲下身子，轻轻地抚摸着禾苗。禾苗像调皮的孩子，在他的怀抱中嬉笑。

"袁老师，您慢着点呀！"湖南杂交水稻研究中心退休科干部李超英匆匆走出小铁门，焦急地叫道。

"您别这么性急，走快了要气喘了。"湖南杂交水稻研究中心研究员辛业芸也紧随其后。

"小李、小辛，没事的，我现在是正宗的'90后'啦！"袁隆平一回头，笑着说，"小李，去挑一个壮实的稻禾。"

李超英双手娴熟地将一株稻禾一合拢，挑出一枝剑叶又长又壮的穗子，小心翼翼地拔出来。

"这个穗子大！"袁隆平拿着穗子，左看右看，又摸又闻，爱不释手。

......

回到客厅，剥开剑叶，取出苞子，辛业芸、李超英和袁隆平的老伴邓则，分头数起来。袁隆平从桌子上拿起记录本和笔，等待她们报数。

"319粒。"辛业芸第一个报数。"351粒。"李超英第二个。"227粒。"老伴邓则最后一个。

袁隆平一笔一画地写好后，说："再数两遍。"

第二遍，第三遍，都没有更改数字。

"袁老师，拿手机来统计吧！"辛业芸说。

"手机屏幕太小，怕算错，还是拿计算器稳妥些。"袁隆平说着，随手从桌子上拿过一台计算器来。

"897粒！"一阵噼里啪啦后，袁隆平兴奋地喊起来。

辛业芸凑了过来，有点怀疑地问，"袁老师，您没算错吧！"

"我们再数一次，再算一次。"袁隆平也慎重起来。

又是一阵噼里啪啦，还是897粒。

袁隆平在记录本上的数字后郑重写上："记录人：袁隆平，2019年8月23日中午12点15分。"

这是袁隆平连续第三天数孕穗期的第三代杂交晚稻穗子，抽穗期和灌浆期他还会不断数。冬天，湖南没有水稻，他就跑到海南基地数。五十多年来，这一习惯，从未间断。

随后，袁隆平又算起来，他要根据这三天的平均数，来预测试验田里的第三代杂交晚稻的亩产量。8月21日数了一穗有667粒，8月22日数了一穗有654粒，加上今天的897粒，三天平均739粒。袁隆平非常保守地按85%的结实率，算出一穗稻谷的重量，然后乘以一亩田的稻穗数和估计的粒重，得出亩产量。

"亩产可达1067公斤，第三代杂交水稻大有可为。"袁隆平望着窗外的试验田说。

这是今年立秋以来的一个喜讯。

……

其实不论第一代还是第二代，都已是世界奇迹。然而，袁隆平不服老，更不满足。

"要是有一种杂交水稻，既兼具第一代和第二代的优点，又能克服二者的缺点，那该多好啊！"袁隆平想。

2011年，袁隆平领衔启动第三代杂交水稻育种技术的研究与利用，并成功研发出以遗传工程不育系为遗传工具的杂交水稻育种技术。利用该技术获得的不育系，克服了前两代的缺点，又兼具前两代的优点。

目前，第三代杂交水稻研究基本成功。当然，基本成功并不代表完成任务与使命，要真正形成产品，全面推向市场，走向高产，还有一个较长的过程。

袁隆平的科研之路，不光有"知识、汗水、机遇、灵感"，更有敢于创新的前瞻性思维。"我们的团队已经开始研究第四代C4型杂交稻了，这种杂交水稻具有光合效率高的优势，预计2022年C4型水稻可基本研究成功。""还有第五代，那是一系法杂交水稻，通过无融合生殖固定杂种一代的杂种优势，我们团队的最新研究进展，已经通过基因编辑技术在杂交稻中引入无融合生殖特性。"

袁隆平年岁已高，但他作为一名国际农业战略家的本色没有褪。

二

年过天命的张玉烛，是杂交水稻专家。2017年冬的一天上午，张玉烛拿着一份拟向省里呈报的"关于申报'三一'工程"的报告，直奔三楼袁隆平办公室。

张玉烛对这个报告较为满意，甚至有几分得意。在这个报告中，他提出杂交水稻要优质也要绿色，优质需要通过品种改良，绿色需要改进栽培技术。报告中还提到如何利用剔除水稻中重金属镉的新技术，敲除亲本中的含镉或者吸镉的基因等。

唯一让张玉烛忐忑的是，他在这个报告中把高档优质稻产量指标降到亩产1100公斤。

"三一"粮食高产科技工程是袁隆平提出的，即在南方高产区，研究并推广应用以超级稻为主体的粮食周年高产模式及其配套栽培技术，达到周年亩产粮食1200公斤，实现"三分田养活一个人"的产量目标（亩产1200公斤即每三分田产粮360公斤，国家粮食安全指标即每人每年需粮食 360 公斤）。

……

2016 年 8 月，袁隆平受邀来到青岛，给这里的科技创新出谋划策。青岛市带袁隆平去考察的，都是海边，大片大片的滩涂。看着那一望无际的滩涂，巨大面积的荒地，袁隆平心里不平静了。

"这么大片土地荒在这里，可惜呀！"袁隆平手一挥，说，"走，到地里看看去。"不顾高龄，迈开步子就往滩涂地的深处走去。

袁隆平走一段，便蹲下查看土质。他还安排随行人员收集好泥土样本，好回去做进一步细致的化验与研究。他知道，盐碱地被称为农田的"绝症"，与作物几近不能共存，所以往往寸草不生。但如果能够克服困难，在这里种植水稻，不仅能够增收粮食，还能修复生态，一举两得。

站在海滩上，迎着海风，袁隆平又在心里打起算盘来：全国像这样的海边滩涂和盐碱地，大概有 15 亿亩，这其中有 2 亿亩是具备可灌溉水源的。如其中有 1 亿亩用来种植耐盐碱水稻，亩产按 300 公斤计算，1 亿亩就可产 300 亿公斤稻谷，意味着可以多养活 8000 万左右的人口。

两个月后，袁隆平再来青岛，与青岛方面签订合作协议，并向世界宣布："我有信心在青岛试种耐盐碱水稻（海水稻）成功，并且有信心亩产超过 300 公斤。"

……

两年后的秋天，试验田传来喜讯："海水稻"品种的试种亩产超过 300 公斤，甚至有的小面积折合亩产超过 600 公斤。

面对初步成绩，袁隆平很欣喜，但他知道，虽然在含盐量达 0.6% 以上的盐碱地试种亩产超过 300 公斤，甚至有的试验田超过 600 公斤，但毕竟这只是小面积试验。若要在上百万亩甚至上千万亩地大面积种植，保证在不同的环境和气候中，甚至是粗放型管理的条件下，亩产达到或超过 300 公斤，育种及栽培技术仍需进一步巩固提升。

在袁隆平凝望的目光中，吉林、江苏、广东、海南等地的海边滩涂和盐碱地纷纷建起一片片绿色的希望田野。亿亩荒滩变粮仓正一步步走向现实！

三

十多年前，彭玉林还是湖南杂交水稻研究中心的一名临时工，帮着时任中心副主任马国辉做点事。当时，他只想边打工边读书，考个湖南农大自考本科文凭，压根就不敢想以后要成为杂交水稻科研人员。彭玉林一天到晚扎在试验田里，草帽也不戴，晒得黝黑。虽然晒黑自己，却把马国辉研究的那块水稻田打理得井井有条，禾苗郁郁葱葱。

这一切，都被天天来试验田里观察的袁隆平看在眼里。他不光重点关注马国辉试验田里的新品种，也在悄悄观察着田里的这个小伙子。"小彭，你马上到田埂上去，袁老师有几个问题要问你。"那天中午，正弯腰在田里干活的彭玉林接到马国辉打来的电话。

彭玉林抬头一看，袁隆平正站在田埂上向他微笑着招手呢。他十分激动，快步跑向袁隆平。

双脚沾满泥巴，彭玉林老老实实站在田埂上，等待着袁隆平的提问。

……

彭玉林只是袁隆平的学生中普通的一位，袁隆平的学生早已遍布全球五大洲。他说，搞杂交水稻，不光要养活中国人，还要造福全人类。

从20世纪80年代至今，袁隆平积极支持开办杂交水稻技术国际培训班，为80多个发展中国家培训了1万多名杂交水稻技术人才，帮助其他国家发展杂交水稻。目前，杂交水稻已在印度、越南、菲律宾、孟加拉国、巴基斯坦、印度尼西亚、美国、巴西等地实现大面积种植。

如今，"一带一路"沿线的马达加斯加也正在中国政府的支持下，大力推广杂交水稻。2017年，马达加斯加官员来长沙拜访袁隆平时，表达了他们的感激之情："中国杂交水稻在马达加斯加的种植面积越来越大，人民正逐步摆脱饥饿。为了表达感激之情，马达加斯加特意选杂交水稻做新版货币图案。"

"让杂交水稻覆盖全球！"这是袁隆平心中的另一个梦。

读过上边这三个短篇报告文学，对什么是报告文学你也许有了一个大概的理解。那究竟什么是报告文学？如果给报告文学下一个定义，又怎么表述呢？在我国，目前对报告文学定义的表述有多种，主要如下：

报告文学"是一种散文体裁。以现实生活中具有典型意义的真人真事为题材，经过适当的艺术加工而成，兼有新闻报道特点。通讯、速写、特写等可统称为报告文学。"

——新版《现代汉语词典》

报告文学"是介于散文和小说之间，兼有新闻和文学的特点的散文。"

——《新华词典》

所谓"报告文学"，可以用一句话来概括：用文学手法写的新闻报告。这里的关键词是"报告""新闻"和"文学"，掌握了这三点，就不难理解什么是"报告文学"了。在此基础上，可以再延伸一下它的外延与内涵：即那些能真正震撼你心灵世界、能真正燃烧你情感火焰、能真正愉悦你阅读观感的"报告文学"，那它一定是报告文学。这是因为：优秀的报告文学，一定会打动你和感动你，而报告文学本身还是一种正在不断成熟之中的文体，它的流变过程是随着社会发展和人们对它美感度的不断要求仍在继续扩延中……一句话，这是一个开放型的新文学文体，它的完美将是在人们对它不断认识和实践过程中最终形成。

——何建明

报告文学作为一种文学体裁，主要是运用文学化的艺术形式，真实、及时地反映社会生活事件和人物活动，彰显作者一定立场及观点。它首先是散文，与小说、诗歌的根本不同在于不能任意虚构。也就是说，这种文体不允许采用创造和综合人物典型、环境、事件等手段去进行文学表述。报告文学兼有新闻报道和散文的特点，既具新闻报道意义上的及时性和真实性，又具有时政的议论性。无论是瞿秋白的《饿乡纪程》《赤都心史》，邹韬奋的《萍踪寄语》《萍踪忆语》，还是夏衍的《包身工》，徐迟的《哥德巴赫猜想》，都是通过运用文学语言和多种艺术手法，通过生动的情节和典型的细节，迅速地及时地"报告"现实生活中具有典型意义的真人真事。报告文学要有浓厚的新闻性，只不过与报纸杂志所载的新闻通讯不同，在于需要充分的形象化细节化，即文学化，经由细节和情节的再造，通过精巧的结构、鲜活的人物、对事件及环境的艺术描写，达到能够让读者身临其境、感同身受的文学生动性，让读者明白作者所要表达的思想是什么，而这一切，都不是通过虚构来达到的，是文学性、新闻性和政论性的结合。

——梁鸿鹰

报告文学是一种国际性文体。日本文艺家川口浩说过这样的话："报告文学乃至通讯文学的名称，是 Reportage 的译语。"报告文学或称"通讯文学""报道文学"。这里的"Reportage"，"Report"是它的词根，有"报道"的意思。因此，从报告文学命名的本源上看，这是一种基于报道（有赖于采访等，旨在传播）的具有新闻性（客观真实、讲求时效）的文学样式。"文学"是中心词，"报告"是给予这一种"文学"特殊规定性的一个"定语"。不少人认为既"报告"又"文学"，好像不符合文学的逻辑。在他们看来，没有虚构就没有文学。其实虚构只是达成文学的一种方式或手段，文学不等于虚构。一些优秀的非虚构写作或是报告文学已经告诉读者，纪实与文学并不矛盾，相反，它们的有机相生也有可能产生具有重要价值的文学作品。

——丁晓原

（报告文学）这个概念虽然来自域外，但内涵却是不断地充实着中国自己的生活现实，是百年来，中华民族实现伟大复兴时代的新的文学样式。波澜壮阔的中国革命和民族解放战争历史推动着报告文学形成自己独有的基本立场、基本观点、基本关系，实反映中国人民反抗三座大山的压迫，创造自己美好生活的伟大斗争，表现出一个民族开创自己历史的伟大精神，由此夯实了报告文学的中国思想、中国精神和中国品质。世界上还没有哪一种文学能像中国报告文学那样，自觉地张扬创新的"真实"的文学精神，凝聚迸发"真实"的文学力量，以"真实"打破一切旧文学特别是资产阶级文学的坚不可摧的思想牢笼和不可怀疑的精神神话，在文学回归人民的历史进程中，推动新的文学文体冲击占领时代精神的高地。进入改革开放时代，中国报告文学以大批优秀作家和优秀作品充分体现出作为时代文学文体的独有优势，已经由传统的文学"轻骑兵"壮大成中国文学一支重要的文学生力军。

——张　陵

优秀的报告文学首先是文学而不是报告，但"文学"必须以真实和现实为基础，在故事、细章、人物内心的深入挖掘上，在结构的安排上，在语言的精确锤炼上和内涵的有效放大上下硬功、苦功，在确保文本信息真实、可靠、可信的基础上，触及读者的灵魂，唤起人们的惊醒和深思。这也是报告文学的重要文体特征。

——任林举

报告文学是与小说、诗歌、散文、戏剧并列的一种文学体裁，是一种叙事性文体，以艺术的方式真实地反映社会现实和人们的情感世界。报告文学脱胎于新闻报道，是新闻与文学联姻的"产儿"，具备新闻性、艺术性、真实性等基本属性。报告文学最突出的文体特征是新闻性和由新闻性派生出来的真实性。它的新闻性并非单纯意义上的"新闻"，而是一种广义的新闻，是要向读者传递具有新闻性、新闻价值的新资讯、新信息性质的新鲜的新颖的史实和事实。它可以是新近发生的人和事，也可以是在历史上曾经发生过的但却鲜为人知的一种历史内幕、历史真相的揭示。报告文学的新闻性特征这一根本属性，决定了它必须具备真实性。真实性是报告文学的底线，也是报告文学的生命线。

——李朝全

报告文学是用文学的方法与手段，记述人们普遍关注的真实的人物或事件的一种散文文体。报告文学是社会发展与文学发展的共同结合体，是有了新闻媒介的诞生，如报纸、通讯社等，才有了报告文学。在中国，早期的报告文学很多都是在杂志和报纸副刊上发表的。报告文学最主要的特征有三点。一是真实性，这是报告文学文体的基石，不管写什么题材，无论是写历史还是现实，它必须是真实的；二是新闻性，报告文学的书写对象一般都是大家关注的人物和事件；三是文学性，也就是说，从报告文学的文体中，你可以看出许多文学创作的方法与手段，这是报告文学与新闻通讯最本质的区别。

——刘笑伟

报告文学是用文学的语言和手法创作的来自真实事件发生或正在发生的一线报告。在某种意义上类比，它有些像电视纪录片，有新闻性但不是长篇通讯，有文学性但不是艺术专题片。它需要内容真实，但表达具有客观性。由于文学的描写，它又有了生动性，因此，受到读者的喜爱和关注。

——李晋雄

报告文学四个字的落脚点在"文学"二字上，而又因为有"报告"二字的参与，报告文学则被赋予了鲜明的时代特征、社会职责和时代承诺，所以我认为报告文学更是一种使命文学。它不只是对人物和事件表层的浅显的涉及，而要求写作者深入人物灵魂的深处、事件的内核，需要对现实社会做出及时的生动的真实的准确的有效的反映。一部优秀的报告文学作品，它不只是文学的呈现，而要涉及方方面面，比如，政治学、社会学、地理学、区域经济学、心理学、统计学，等等，它应该是一个多方面的综合体。这就要求写作者有基本的良知底线，较为开阔的视野，宽阔的思维，辩证的思想，历史的眼光。

——纪红建

报告文学应该是一种对真实事件或者新闻的深度呈现，或者是一种更加广阔更加文学化的新闻。换句话说，报告文学首先务必是真实的；其次它是有某种文学性的，有某种含义或者深度的对事件进行呈现和诠释的文体，既非单纯的新闻，也不是文学创作。

——萧　森

《哥德巴赫猜想》开启了新时期报告文学的滥觞。当时我还是一个写散文的文学青年，邂逅了徐迟的报告文学后，我的文学梦想与道路日渐清晰与明朗。我不知道时至今日，有多少人还能准确地说出茅盾先生对报告文学的定义，有多少报告文学写作者笔下的作品真正具备报告文学最基本的新闻性、文学性和政论性。

——徐　剑

那么，茅盾先生给报告文学是怎么定义的呢？他的解释是：

报告文学（REPORTAGE）是散文的一种，介乎于新闻报道和小说之间，也就是兼有新闻和文学特点的散文，要求真实，运用文学语言和多种艺术手法，通过生动的情节和典型的细节，迅速地，及时地"报告"现实生活中具有典型意义的真人真事，往往像新闻通讯一样，善于以最快的速度，把生活中刚发生的事件及时地传达给读者大众。题材既是发生的某一件事，所以"报告"有浓厚的新闻性；但它跟报章新闻不同，因为它必须充分地形象化，必须将"事件"发生的环境和人物活生生地描写出来，读者便如同亲身经历，而且从这具体的生活图画中明白了作者所要表达的思想。

对什么是报告文学，尽管有多种多样的说法，但表述的意思大多和茅盾先生的定义相同或相近，也就是说茅盾先生给报告文学的定义是恰当的，是大多数人认同的。

这样，简单地说，报告文学是一种在真人真事基础上刻画艺术形象，以文学手段及时反映现实生活的文学形式，或者说，报告文学就是运用文学艺术手法，真实、及时地反映社会事件和人物活动等的一种文学体裁。

第三章
报告文学的起源和发展

一、报告文学的起源

关于报告文学的起源有两种说法：一种认为，报告文学是舶来品，起源于欧洲，由作家基希（1885—1948）创立。新闻记者出身的基希，在经历革命运动过程中，"时常被有限的版面新闻影响，以至发誓要随心所欲地写"（基希语），因此他把深入革命现场的所见所闻，通过比新闻报道和通讯特写更有艺术化的手法，完成了他的一篇又一篇"文学特写体文章"

——"报告文学"。他的这种"报告文学"在报纸上发表后，比任何新闻报道都更受读者欢迎，由此在 19 世纪末 20 世纪初诞生了一种新的文体——报告文学。

基希诞生在布拉格一个说德语的犹太布商家庭。1940 年大学辍学后，他投身报界，先后在《布拉格日报》《柏林日报》工作。1918 年，他在维也纳参加了工人士兵苏维埃的革命活动。作为杰出的报告文学作家，他的足迹遍布世界各地，在 20 世纪二三十年代来过一次中国，推介过他的文体理论与实践经验，并且根据自己在中国的所见所闻，完成了一部报告文学作品——《中国纪行》（《秘密的中国》）。当时正值中国知识分子探索寻求"中国出路向何方"的救国热，一批作家通过各种文体，进行关于民族与个人自身的探求摸索。革命家与革命作家兼于一身的瞿秋白因为向往苏联社会主义革命和国家建设的模式，写下了《赤都心史》和《饿乡纪程》等作品；夏衍则根据自己在上海从事纺织工厂的革命罢工活动经历，写下了著名的《包身工》，成为中国具有范本意义的报告文学经典作品。

另一种认为，报告文学不是舶来品，而是在中国古来有之。先秦左丘明所著叙事完备的编年体史书《左传》、西汉刘向编订的国别体史书《战国策》，以及被鲁迅先生誉为"史家之绝唱，无韵之离骚"的西汉史学家司马迁撰写的纪传体史书《史记》，这一系列中国文史书写就是最好的佐证。其中，《史记》堪称世界级的报告文学典范之作，也是中国报告文学的"母体"，如果中国现代报告文学书写能抵达《史记》的文心和原点，那就是不朽的文学著作。

二、报告文学的发展

在西方，1789 年法国资产阶级大革命时期，德国、俄国、美国的一些进步作家取材于现实生活所写的旅行记作品，已具有报告文学的一些特点。无产阶级早期的报告文学作品出现于 19 世纪中叶巴黎公社期间。俄国十月革命以后，报告文学进入成熟时期。美国记者 J.里德描绘十月革命的长篇报告文学《震撼世界的十天》是当时的名著。高尔基创作《列宁》等报告文学作品，主编报告文学集《世界的一日》，并写了关于报告文学的论文，推动了国际报告文学的发展。

20 世纪以来，世界巨变，现实生活、人们的心灵受到远超出人们正常思维和想象的巨大冲击。世界大战、工业革命、资本崛起、人性变异……传统意义上的文学理念和文学手法，已经跟不上生活自身的节奏，一种新的直面残酷、真实生活和人生的文学视野、视角，以及表现方法为报告文学这种文学样式的发展提供了充分必要条件。于是，一些记录世界巨变，比如，反映十月革命、中国革命、世界反法西斯战争、第三世界的觉醒、后工业时代欧美世相的代表性作品应运而生，《密西西比河上》《法兰西战争》《绞刑架下的报告》等都对当时的世界文学产生了巨大影响。

近年来，随着非虚构写作在美国的兴起、德国尤利西斯国际报告文学奖的设立，以及白俄罗斯纪实文学作家斯维特兰娜·阿列克谢耶维奇荣获 2015 年诺贝尔文学奖，报告文学展现出了巨大的拓展空间和蓬勃生机。

在中国，19 世纪后期，随着现代报刊在中国的出现，报告文学开始孕育。鸦片战争之后，出现了第一批初具报告文学雏形的作品，但到梁启超

（1873—1929）的《戊戌政变记》才明显具备了报告文学的基本特征，是我国现代报告文学诞生的标志。《戊戌政变记》原原本本地记叙了变法的准备、经过及失败结局，来龙去脉，十分清楚。除《戊戌政变记》外，梁启超还写了《南海康先生传》《新大陆游记》等作品。同时，作为我国现代通讯写作开拓者的黄远生（1885—1915）也写了初具报告文学基本特征的《记者眼中的孙中山》《外交部之厨子》等作品。

五四运动为中国的思想、文化带来了深刻的变革，我国报告文学也进入了一个新阶段，表现在：题材和思想内容有了新的突破；抒情性和政论性增强；体裁形式更为多样，有了日记体、书信体、随笔体、自叙体等；白话代替了文言。有了《上海罢市实录》《学潮七日》《一周中北京公民大活动》等记述了五四运动始末的作品，和《唐山煤矿葬送工人大惨剧》《北京女工的生活状况》《汉口人力车夫罢工始末记》等反映工人生活的作品。

特别值得一提的是，20世纪前期的旅行考察报告不仅作品的报告性得到增强，而且文学性也有了明显提高。这以周恩来同志和瞿秋白为代表。《留法勤工俭学生之大波澜》《勤工俭学生在法最后之命运》《英国矿工罢工风潮之始末》是周恩来同志在欧洲留学时所写。瞿秋白访问苏俄，写了《俄乡纪程》《赤都心史》等作品。

1925年五卅惨案发生后，写报告文学的作家和作品更多了，如，茅盾写了《五月三十日的下午》，叶绍钧写了《五月卅一日急雨中》，郑振铎写了《街血洗去后》，朱自清写了《执政府大屠杀记》，谢冰莹写了《从军日记》，施英写了《上海工人三月暴动纪实》，郭沫若写了《请看今日之蒋介石》，阿英写了《夜》。

但"报告文学"这一名词直到1930年3月才在中国的《大众文艺》杂

志上首次出现。这一名称引进后，立即引起了左翼作家的关注和重视，并在 1930 年 8 月 4 日通过的左联执委会决议《文学运动新的情势及我们的任务》中热情号召"创造我们的报告文学"。

1932 年，阿英选编的《上海事变与报告文学》是我国第一部以"报告文学"命名的作品集。同年，文艺新闻社编辑出版了报告文学集《上海的烽火》。《上海事变与报告文学》和《上海的烽火》的出版对我国"报告文学"这一新兴体裁的发展起到了积极的推动作用，从此以后，"报告文学"这一名词频繁地出现在出版物上。

20 世纪 30 年代初是我国报告文学创作的兴盛期。在左联的推动下，革命文学中反映工农苦难生活的现实作品日益增多。在题材开拓的同时，报告文学在思想、技巧、文体等方面也日趋成熟。同时，外国报告文学作品也陆续传入中国，促进了中国报告文学的成长。传入中国的外国报告文学主要有：基希的《秘密的中国》、埃德加·斯诺的《西行漫记》、爱狄弥勒的《上海——冒险家的乐园》、匹特卡伦的《在西班牙前线》、利加沙的《一八七一年公社史》、约翰·里德的《震撼世界的十天》、高尔基的《一月九日》《列宁》等，其中，以基希和他的作品影响最大。1932 年基希来华访问时，鲁迅先生还专门会见了他。

20 世纪 30 年代中后期，中国报告文学创作迎来了丰收的成熟时期。这主要表现在一批风格各异、形式多样，在艺术性、思想性上都非常成熟的作品的集中问世。它们是茅盾的《故乡杂记》、夏衍的《包身工》、萧乾的《流民图》、宋之的的《1936 年春在太原》、胡愈之的《莫斯科印象记》、林克多的《苏联见闻录》、戈公振的《东北到苏联》、邹韬奋的《萍踪寄语》和《萍踪忆语》、范长江的《中国的西北角》、洪深的《天堂中的地狱》，等等。这一时期还诞生了一部大型报告文学集《中国的一日》。这部作品集除少数作家外，大多数作者是非文学工作者，但作品的质量却不低，体现了报告文学的群众性特点。

可喜的是，在 20 世纪 30 年代，苏区也有了报告文学，《红色中华》曾明确提出"创造中国工农大众文艺的报告文学"的倡议，也有了张爱萍的《苏区儿童团第一次大检阅》、王首道的《出动中的红军》、雨田的《彭军团长炮轰大米圩》、尊心的《渡金沙江》等作品。

抗战爆发使报告文学成为这个时代文学的主流，从事报告文学创作的作家队伍空前扩大（原来写报告文学的作家继续在写，如，郭沫若、夏衍、茅盾，等等，原来写小说、散文、诗歌或从事编辑和评论的也加入到了报告文学的队伍中来，如，巴金、老舍、郁达夫、吴组湘、林语堂、何其芳、徐迟、以群、曹聚仁、刘白羽、黄钢、穆青，等等），发表报告文学的园地增多（如，《呐喊》《文艺阵地》《抗战文艺》《文艺突击》《文艺战线》《新华日报》《救亡日报》《文学月报》《战地》等都发表了大量的报告文学，其中，茅盾主编的《文艺阵地》在创办的 5 年中，共发表了报告文学近200 篇，还发表了不少的关于报告文学的评论和理论文章），优秀的报告文学作品大量涌现，而且中、长篇报告文学单行本（如，周立波的《晋察冀边区印象记》、郑振铎等的《飞将军抗战记》、臧克家的《隋枣行》等）和报告文学集（如，以群主编的《烽火小丛书》、范长江主编的《抗战中的中国丛刊》）不断出现。

丘东平是抗战初期最有影响的报告文学作家，虽然 1941 年牺牲在抗日战场，却留下了《第七连》《叶挺印象记》《一个连长的战斗遭遇》《把三八枪夺过来》等众多作品。同时，范长江的《卢沟桥畔》系列战地报告文学、碧野的《北方的原野》、姚雪垠的《战地书简》等再现了中国人民的抗日热潮；萧乾的《血肉筑成的滇缅路》披露了鲜为人知的滇缅公路的修造情况；黄钢的《开麦拉前的汪精卫》运用镜头语言，刻画了大汉奸的内心世界。

1938年以后，国统区报告文学创作热情衰落、作品减少，而在中国共产党领导下的解放区的报告文学则蓬勃发展，不仅作家多、作品多，而且题材多、手法多。陈荒煤的《陈赓将军印象记》、沙汀的《记贺龙》、周立波的《李先念将军》、刘白羽的《记左权同志》等写的是抗日将领。雷加的《国际友人白求恩》和周而复的《诺尔曼·白求恩片段》写的是白求恩的事迹。吴伯萧的《一坛血》、韩先楚的《大池村歼敌记》、穆青的《雁翎队》、孙犁的《游击区生活一星期》、黄钢的《树林中》等写的是对敌武装斗争。卞之琳的《第七七二团在太行山一带》以诗人的激情真实地记录了第七七二团克服重重困难，奋勇杀敌，迅速发展壮大，以典型事例表现八路军的自我牺牲精神，用事实表明八路军是真正的抗日军队。朱襄的《天水岭群众翻身记》、孔厥的《一个女人翻身的故事》、茅盾的《记"鲁迅艺术文学院"》、吴伯萧的《丰饶战斗的南泥湾》、赵超构的《延安一日》等描绘了解放区各方面的面貌。丁玲的《田保霖》用报告文学，第一个为普通人立传，受到中央的称赞，称之为写工农兵的开始，之后解放区出现了一个写工农兵的热潮，其中影响最大的是穆青写的《赵占魁同志》和《工人的旗帜赵占魁》。

解放战争时期，华山和刘白羽等作为随军记者，写了大量的报告文学作品，也成了这一时期报告文学的代表性作家。华山写了《承德撤退》《解放四平街》《英雄的十月》《总崩溃》等作品，刘白羽写了《英雄的记录》《时代的印象》《光明照耀着沈阳》等。此外，还有曾克的《挺进大别山》、韩希梁的《飞兵在沂蒙山上》、吴强的《英雄业绩》、洪林的《一支送粮队》、杨朔的

《四十两金子》等也是这一时期的佳作。

20 世纪 50 年代，中国报告文学多以抗美援朝战争和讴歌新社会、新生活、新人物、新事物为主要表现内容，涌现出许多优秀作品。巴金的《生活在英雄中间》、魏巍的《谁是最可爱的人》、华山的《歼灭性的打击》、刘白羽的《朝鲜在战火中前进》、杨朔的《万古青春》等写的是抗美援朝。萧乾的《土地回老家》、郭明远的《妇女生产教养院学员的诉苦大会》、赵有福的《京郊农村的变化》等写的是国内的土改。徐迟的《在高炉上》、刘宾雁的《我在抚顺看到的》、李若冰的《柴达木手记》、艾芜的《幸福的矿工们》、柳青的《皇甫村的三年》、碧野的《在哈萨克牧场》、汪受善的《老孟泰的一天》等写的是经济建设方面的人和事。20 世纪 60 年代优秀的报告文学作品主要有巴金的《一场挽救生命的战斗》、黄宗英的《小丫扛大旗》、房树民和黄昌际写的《向秀丽》、郭光的《英雄的列车》、王石和房树民写的《为了六十一个阶级兄弟》、碧野的《黄连架》、孙谦的《大寨英雄谱》、冰心的《咱们的五个孩子》、黄钢的《拉萨早上八点钟》、穆青的《县委书记的榜样——焦裕禄》（1966 年发表，全面介绍了焦裕禄的感人事迹，随后全国掀起了学习焦裕禄的热潮）。这时期值得一提的还有《南京路上好八连》《毛主席的好战士——雷锋》《郭兴福和他的战士们》等反映军旅生活的军人形象的优秀作品。70 年代，报告文学同其他文学体裁一样，写作上出现了低潮，但仍有《来自西双版纳的报告》《人民的好医生李月华》《无影灯下的战斗》《来自坦赞铁路的报告》等优秀作品出现。

1978 年 1 月号头条，《人民文学》以醒目的标题，刊发了徐迟的报告文学《哥德巴赫猜想》，揭开了新时期报告文学复苏与繁荣的序幕。这一时期，通过撰写科学家、老一辈无产阶级革命家、坚持真理的英雄这三类人物，掀起了报告文学复兴的热潮。紧接着,随着改革开放的风起云涌,报告文学作家们贴近生活,紧跟现实,追随时代的脚步,不断拓展创作题材,开始了中国报告文学的新纪元,有影响的作品层出不穷。黄宗英的作品(如《小木屋》《大雁情》《橘》等)带有强烈的批判意识和抒情色彩;陈祖芬的作品(如《祖国高于一切》《飘走的蒲公英》等)在思想和艺术手法上都不断创新;理由的作品(如《扬眉剑出鞘》《倾斜的足球场》)则以文采见长,其"小说式"作品强调了他对报告文学艺术价值的重视;李延国以个性鲜明的人物形象为写作核心,诠释他"礼赞这英雄的国土"的创作理想,代表作《在这片国土上》刻画了引滦工程中的英雄群像;刘宾雁的《人妖之间》开启了"问题报告文学"的先河;孟晓云的《胡杨泪》和《温州与温州人》、张锲的《热流——河南漫行记》和《主人》、程树臻的《励精图治》和《星光灿烂》等都以改革为题材;肖复兴的《柴达木传说》和《生当作人杰》、马继红的《爱,一首无字的歌》和《中国科学家》、石湾的《春光属于你》和《无花果》、叶文玲的《美的探索者》、张丹的《假如生命重新开始》等颂扬的是知识分子;任斌武的《无声的浩歌》、乔迈的《希望在燃烧》、梅洁的《大血脉之忧思》、陈安先的《辩护律师》等的主题是反腐倡廉;时永福的《血染法卡山》、苏晓康的《炼魂之火》、杨笑影的《赤子之心》等歌颂的是对越自卫还击中的英雄和指战员;理由的《中年颂》、柯岩的《船长》等歌颂了四化建设和平凡岗位上的英模人物;鲁光的《中国姑娘》和《中国男子汉》、李修玲的《厄运》和《她站在十跳台上》、罗达成的《中国旋风》和《胡荣华沉浮记》等是体育题材的代表作品;黄济人的《将军决战岂止在战场》等开启了报告文学写历史事件和历史人物的探索;刘亚洲的《恶魔导演的战争》、吴民民的《冰海沉船》等以小说笔法写国际题材,别具一格。

随着中国改革开放的扩大和深化，及中国经济建设的快速发展和综合国力的迅速增强，中国发生了翻天覆地的历史性巨变，中国社会每天都在发生无数激动人心的伟大事件和精彩故事，各行各业、各条战线上不断涌现出先进人物，报告文学这一文体被广泛地运用到这种人和事的宣传与传播上，大批的报告文学出现在文学刊物和报纸上，从而也使报告文学这一紧贴现实的文学形式，在中国以坚实的步伐，不断迈向成熟。这主要表现在一方面是题材不断扩大，哲学、历史、政治、经济、军事、文化、教育、伦理、科技、医学、体育、生态及改革开放等都成了报告文学写作的题材（如《中国高考报告》《中国新教育风暴》是关于教育的，《中国国防科技报文学丛书》、"航天文学"系列是关于科技的，《东方大爆炸》《只有一个孩子》是关于人口与计划生育的等，《伐木者，醒来！》《淮河的警告》是关于生态环保的，《精神病世界探秘》是关于医学的，《中国姑娘》《中国体育界》是关于体育的；另一方面是报告文学的政论性更加丰富（如张玉林的《中国粮食》、中夙的《大兴安岭山火》、贾鲁生的《亚细亚怪圈》、胡平与张胜友合作的《东方大爆炸》、叶永烈的《国球30年——河东河西话乒乓》、钱钢的《唐山大地震》等。

20世纪80年代，中国报告文学作家、作品之多可谓星光灿烂，蔚为大观。90年代，尽管从事报告文学创作的作家和作品的数量有所下降，但中国报告文学无论是创作还是理论都进一步走向成熟，而最为可喜和可贵的是，报告文学向"人学"的本体回归，报告文学的文学特征又得到了强化。这时期代表性的作家和作品如，宏甲的《无极之路》、贾宏图的《大森林的回响》、张步真的《魂系青山》、杨黎光的《没有家园的灵魂》、陈祖芬的《孔雀西南飞——说不尽的赵总玉》、王家达的《敦煌恋》、文乐然的《走向圣殿》、杨守松的《昆山之路》、李超贵的《中国农村大写意》、徐志耕的《莽昆仑》、徐刚的《世纪末的忧思》、马役军的《黄土地，黑土地》、邓贤的《大国之魂》、张建伟的《温故戊戌年》、冷梦的《黄河大移民》、吴民民的《留学生心态录》、李鸣生的《走出地球村》、徐剑的《大国长剑》、梅洁的《山苍苍，水茫茫》、孙晶岩的《山脊——中国扶贫行动》、胡平的《斜阳下的躁动》、卢跃刚的《大国寡民》、黄传会的《"希望工程"纪实》、陈桂棣的《淮河的警告》、赵瑜的《马家军调查》、何建明的《落泪是金》，等等。

进入 21 世纪以来，中国报告文学再次走到了文学前列，再度迎来了报告文学的繁荣。中国的改革开放继续向广度和深度推进，中国成为世界第二大经济体，成为世界经济发展的新的引擎，政治建设、经济建设、社会建设、文化建设、生态文明建设及脱贫攻坚和乡村振兴等都取得了举世瞩目的成就，这都为中国报告文学反映现实生活提供了丰富的创作资源，从而涌现出了杨黎光的《瘟疫，人类的影子"非典"溯源》、加央西热的《西藏最后的驼队》、何建明的《部长与国家》和《根本利益》、朱晓军的《天使在作战》、王宏甲的《中国新教育风暴》、李鸣生的《震中在人心》、张雅文的《生命的呐喊》、彭荆风的《解放大西南》、黄会传的《中国新生代农民工》、任林举的《粮道》、肖亦农的《毛乌素绿色传奇》、李春雷的《木棉花开》、许晨的《第四极：中国"蛟龙号"挑战深海》、纪红建的《乡村国是》、徐刚的《大森林》、杨晓升的《只有一个孩子》、陈启文的《南方冰雪报告》和《北京风暴》、梁鸿的《梁庄在中国》、丁艳的《低天空：珠江女工的痛与爱》、余艳的《板仓绝唱》、徐剑的《天晓——1921》等一大批优秀报告文学作品。

为促进报告文学创作的繁荣，1992 年中国报告文学学会成立，首届会长分别由陈荒煤、徐迟担任；2001 年中国报告文学学会创立了徐迟报告文学奖，每三年评选一次；创立于 1986 年的鲁迅文学奖设立了报告文学一项，纪红建的《乡村国是》就是 2018 年第七届鲁迅文学奖的获奖作品；创办了刊发报告文学作品的《中国作家》（纪实版）《中国报告文学》等杂志。

随着越来越多的作家投身到报告文学的写作中来，而丰富多彩的现实生活又为作家们提供了取之不尽用之不竭的创作素材，方兴未艾中国的报告文学必将迎来一个新的繁荣期。

第四章
报告文学有哪些基本特征

概括来说，报告文学主要有以下三个基本特征。

一是新闻性。报告文学要迅速及时地反映现实生活中发生的具有典型意义的真人真事，和新闻报道一样，以最快的速度把现实生活中发生的激动人心的事件及时传递给读者。这样报告文学也就有了新闻性，成了"文学的轻骑兵"。魏巍的《谁是最可爱的人》就及时向读者传递了抗美援朝战争中前方战士打击美国侵略者的战斗信息，讴歌了中国人民志愿军的崇高国际主义和爱国主义精神，极大地鼓舞了中国人民和世界爱好和平的人民。徐迟的《哥德巴赫猜想》及时地让读者看到了我们科研人员生活的朴素和工作的艰辛，同时也向读者展现了他们为了科研甘愿奉献一切的忘我精神，感动和激励了无数的人去奋斗，去创造。

同时，报告文学的新闻性除了要及时，体现在一个"快"字上之外，还必须是真实的，表现在一个"真"字上。真实是报告文学最基本、最本质的要求，是报告文学的底线和生命线。小说创造人物时，可以是"杂取种种人，合成一个"，是"拼凑起来的角色"，但报告文学不能，它所写的人物必须是生活中实有的，必须是真人真事，不能随意虚构和拼凑，不能随意演绎和创造，更不能无中生有，否则，就不能称其为报告文学。无论是瞿秋白的《饿乡纪程》《赤都心史》，邹韬奋的《萍踪寄语》《萍踪忆语》，还是夏衍的《包身工》，徐迟的《哥德巴赫猜想》，都是通过运用文学语言和多种艺术手法，通过生动的情节和典型的细节，迅速地及时地"报告"现实生活中具有典型意义的真人真事。

但报告文学的新闻性，又并非单纯意义上的"新闻"，而是一种广义的新闻，可以是新近发生的人和事，也可以是在历史上曾经发生过的但鲜为人知的一种历史内幕、历史真相的揭示等。近年来，历史题材的报告文学兴起，且市场看好，如《长征》《朝鲜战争》等都销售了上百万册。

二是文学性。报告文学要求真实、准确，并不意味着只对生活做简单的摹写或复制，应该是寓报告于文学之中。报告文学不允许虚构，但可以在真人真事的基础上进行艺术加工，通过精心选材、剪裁，提炼主题，合理布局，并运用人物刻画、景物描写、气氛烘托等手段来表现人物，再现事件。做到既真实、具体，又形象、生动，把生活中的典型人物和事件活生生地反映出来，使读者能够获得如临其境、如闻其声、如见其人的艺术效果。

中国报告文学学会副会长、著名作家纪红建在他的《报告文学创作要过"三关"》中说，为什么同一个题材，不同的人写，结果不同？就因为不少报告文学"报告多""文学少"，文学表现力弱化，而失去报告文学应有的力量。或者说他有这个意识，但如果缺乏文学修养，同样难以难作品注入更多的文学元素。一部作品，没有文学，又何谈感染力。所以加强文学修养，是每一个作家的必修课。

优秀的报告文学是文学而不只是报告，但"文学"必须以真实为基础，在故事、细节、人物内心的深入挖掘上，在结构的安排上，在语言的精确锤炼上和内涵的有效放大上下功夫，在确保文本信息真实、可靠、可信的基础上，触及读者的灵魂，唤起人们的惊醒和深思。

报告文学的文学性可以从以下两段话品味出来。

　　四点半之后，没有线条和影子的晨光胆怯地显出来的时候，水门汀路上和弄堂里面，已被这些赤脚的乡下姑娘挤满了。凉爽而带有一点湿气的晨风，大约就是这些生活在死水一般的空气里面的人们仅有的天惠。她们嘈杂起来，有的在公共自来水龙头边舀水，有的用断了齿的木梳梳掉执拗地粘在头发里的棉絮，陆续地两个一组两个一组地用扁担抬着平满的马桶，吆喝着从人们身边擦过。带工的老板或者打杂的拿着一叠叠的"打印子簿子"，懒散地站在正门出口——好像火车站轧票处一般的木栅子的前面。楼下的那些席子、破被之类收拾掉之后，晚上倒挂在墙壁上的两张饭桌放下来了。几十只碗，一把竹筷，胡乱地放在桌上，轮值烧稀饭的就将一洋铅桶浆糊一般的薄粥放在板桌中央。

——夏衍《包身工》

他噙着泪送李书记到大楼门口。李书记扬手走了，赶上了周大姐他们的行列。陈景润望着李书记的背影，凝望着周大姐一行人的背影模糊地消失在中关村路林荫道旁的切面铺子后面了。突然间，他激动万分。他回上楼，见人就讲，并且没有人他也讲。"从来所领导没有把我当作病号对待，这是头一次；从来没有人带了东西来看望我的病，这是头一次。"他举起了塑料袋，端详着它，说，"这是水果，我吃到了水果，这是头一次。"他飞快地进了小屋。一下子把自己反锁在里面了。他没有再出来。直到春节过去了。头一天上班，陈景润把一叠手稿交给了李书记，说："这是我的论文。我把它交给党。"

——徐迟《哥德巴赫猜想》

三是政论性。报告文学与现实联系最为紧密，往往要服务于当前的形势和需要，要求对题材有所选择，对主题有所提炼，体现作者的思想和情感。在报告文学中，我们总是可以看到作者对新事物的热情歌颂，以促使它迅速成长、壮大，对旧事物的无情鞭挞，以加速它的衰落、灭亡，看到对先进典型的褒扬，对陈腐观念的批判，等等。这都使报告文学有了明显的政论色彩。这就需要作者思考、思辨，对事件和人物有自己的观点和态度。

纪红建在《报告文学创作要过"三关"》中还说，报告文学最重要的力量，或者说文学的张力，来自思辨。思辨就是有反思，有忧患意识，有问题意识，有批判意识，发现问题，提出问题，解决问题。一部报告文学作品是否优秀，最重要的还是体现在思想上。思辨是为了写好问号，还原真相、照亮现实，是作家的使命与情怀的具体体现。

我们可以从下边的几段文字来理解报告文学的政论性。

　　陈景润曾经是一个传奇式的人物。关于他，传说纷纭，莫衷一是。有善意的误解、无知的嘲讽，恶意的诽谤、热情的支持，都可以使得这个人扭曲、变形、砸烂或扩张放大。理解人不容易；理解这个数学家更难。他特殊敏感、过于早熟、极为神经质、思想高度集中。外来和自我的肉体与精神的折磨和迫害使得他试图逃出于世界之外。他相当成功地逃避在纯数学之中，但还是藏匿不了。纯数学毕竟是非常现实的材料的反映。"这些材料以极度抽象的形式出现，这只能在表面上掩盖它起源于外部世界的事实。"（恩格斯）陈景润通过数学的道路，认识了客观世界的必然规律。他在诚实的数学探索中，逐步地接受了辩证唯物论的世界观。没有一定的世界观转变，没有科学院这样的集体和党的关怀，他不可能对哥德巴赫猜想做出这辉煌贡献。被冷酷地逐出世界的人，被热烈的生命召唤了回来。帮派体系打击迫害，更显出党的恩惠温暖。冲击对于他好像是坏事；也是好事，他得到了锻炼而成长了。

——徐迟《哥德巴赫猜想》

在这千万被饲养者中间，没有光，没有热，没有温情，没有希望，没有法律，没有人道。这儿有的是 20 世纪的烂熟了的技术、机械、体制和对这种体制忠实退役的 16 世纪封建制度下的奴隶。黑夜，静寂得像似普通的黑夜，但是，黎明的到来，是无法顺从的。索洛正告美国人留神枕木下的尸首，我也想正告某一些人，留神嗟叹着的那些锭子上的冤魂！

——夏衍《包身工》

李桃辉，一个平凡的人，一个普通的人，却一口气做好事、做义工、做公益，做了这么多年，而且还将做下去，直到那一天。是什么让她如此热心，又如此执着？是共产党员的信仰和情怀，还是人性的善良和光辉，还是……我想，这她都有，而且已化在她的血液中，刻在她的心坎上，融在她的思想里。只有这样，她才会那么坚定，那么持久，那么一往无前，那么自信，那么淡泊，那么无私奉献。做好事，做义工，做公益，需要一种情怀，一种境界，一种精神。当你无欲无私的时候，你的内心就会清澈、纯净，你就会坚守，就会坚持。你付出了，奉献了，却也在付出和奉献的同时，得到了一种别样的快乐，得到了一种别样的升华，而这快乐和升华又会给你不尽的自信和力量，激励着你快乐前行，永无止境。李桃辉，一介平民，一个草根，一念做着看上去平凡、平淡的事情，却在朴素、朴实中折射出一种崇高的情怀和情操，放射出一道道耀眼的光芒！

——胡小平《爱的奉献》

贫困贫穷，一个世界性的现象和问题。扶贫脱贫，一个世界性的课题和难题。世界各国都在为减少和消除贫困而努力，但古今中外，还有哪一个政党能像中国共产党这样，把脱贫致富作为党的神圣事业来谋划？还有哪一个国家能像中国这样，把扶贫作为一项国家的重大战略来实施？

——胡小平《为了共同的事业》

新闻性、文学性、政论性是报告文学的三个主要特征，它们既对立又统一，三者之间，相互依存，相得益彰，是内容和艺术的辩证统一。要写好报告文学，就必须有机地处理好这三者之间的关系。

下边的《美丽仲夏夜》和《井巷音符》这两个短篇报告文学就较好地将新闻性、文学性和政论性融合在了一起。

美丽仲夏夜（节选）

◎ 胡小平

2008 年 6 月 29 日下午，我正在审核信贷资料，檀山村的支书打电话给我，报喜似的说村小学提前半个月建好了，决定"七一"上午举行竣工典礼，请我一定参加；又说市里和镇上都很重视，会有领导亲临现场。我说好，这是我们共同的大事和喜事，会提前赶到。刚放下听筒没几分钟，陈副市长的秘书打电话过来，要我"七一"一早陪陈副市长去檀山村，参加竣工典礼后接着进行年中扶贫工作总结。

"七一"天刚麻麻亮，我就陪同陈副市长出发了，提前二十分钟赶到了村上。竣工典礼隆重而又简朴，不到一个小时就结束了，扶贫总结会却一开就是近三个小时，从村干部到扶贫队员，从我到陈副市长一个接一个发言，检讨过往的不足，说下一步的目标和措施，直到中午一点半才散。陈副市长因要赶回去参加一个紧急会议，匆匆扒了一碗饭就走了。

下午，因慰问多走访了几户人家，座谈时又和村民多聊了一阵，出门一看，天都快落黑了。正要上车，一个骑摩托的小伙子跑来报告村支书，说前边不远处的路基被下午的暴雨冲塌了一边，车子只怕是过不去了。支书一听，急了，要我先等一等，叫了几个人就跑。村主任一跑，我跟着也跑。

支书一时站起来，来回走着，边走边思考着，一时蹲下去，看着冲塌的路基，在地上写写画画。我也在那儿走走看看，琢磨着怎么下山。支书将手上那截小树枝一丢，起身跟身边的两个小伙子耳语了几句。他们一点头，飞奔而去。

不一会儿，那两个小伙子回来了，还跟着来了一些人，同时冲塌的路基旁边有了斧头、锯子、砍刀，有了树桩、门板、檩子。

忙碌了半个多小时后，支书爬上路，拍了拍手上的泥土，望了一眼从山后露出脸来的月亮，握着我的手，说让我久等了，可以走了。我心底一热，眼眶一下潮了。支书指了指路基，说他会带人尽快砌好，恢复原样。我稍一想，说这砌路基的钱我回去想办法。支书满心欢喜，握着我的手，眼上挂着泪花，说那就好，他还正愁着钱从哪里来呢。几个村民也围过来，或说感谢，或朝我鞠躬。我看看他们，再看一眼那用木桩和门板修好的路，心一热，泪也模糊了双眼。支书边推着我上车，边说快走吧，到家准后半夜了。

站在车前，只见银色的月光流泻在天地之间，涂抹着山山岭岭，令万物在朦胧缥缈之中，只见其神，不辨其形，让人生出无限的遐思。

……

田垄里，一束光亮在飘忽着，移动着。那是谁？在干什么？就不怕惊扰了庄稼？就不怕惊吓了虫儿？

光亮近了，一个老大爷沿着田埂走了过来。我跟他打了招呼，问他怎么这么晚了还在田地间转悠。他边走过来，边说现在正是稻子抽穗、灌浆的时章，大意不得，要多个照看。我问他都这么大岁数了，怎么还要种地。他嘿嘿笑了笑，说也没什么，就是想种，闲着也没意思，现在生活好了，又不忧愁什么，身体也没什么病痛，下地挖挖土，锄锄草，下田插个秧，扮个禾，快乐着呢。我想，是啊，劳动是快乐的，而分享劳动的成果时最快乐。他跨过水渠，用小手电照了一下我，说他没听错，果然是我。我叫了他一声雷叔。他欢喜地应答着，拉着我的手就往路上边走，说去他家里坐一会儿。我说家里就不去了，下次再来。他说那就去葡萄园里看看，葡萄早熟的差不多可以吃了，甜里带酸，酸中有甜，味道还不错，摘点回去给家里人尝个新。我望着玉米地上边的葡萄园，分明闻到了葡萄的酸甜味。雷叔指了指那葡萄园，又四面指了指，说搭帮扶贫队在村上推广葡萄种植，免费给大家苗子，今年的葡萄还结得不算多，到明年就多了，卖个两千块钱应该没问题，又说这些年来，因为有了扶贫，村上改变了许多，不只大家的日子过得越来越好了，村民之间不再那么斤斤计较，也更关心村上的事情了。

雷叔拉着我要往葡萄园走。我说天晚了，葡萄也睡了，就不去惊扰了，改天再来。他看了看我，说那也行，等过些日子，熟透了的葡萄更好吃。

车子开动了。雷叔边追着走边大声要我改天一定再来。我大声说会的，一定会的。

下了山，回望山上，我仿佛看到支书还在路边挥手，听到雷叔要我改天再来的声音还在山间回响。

山村的夏夜是美丽的，而比这夏夜更美丽的是乡亲们那在脱贫致富路上劳作的身影，是乡亲们那向往美好生活的期盼和情怀，是那伟大而神圣的扶贫事业。

井巷音符(节选)

◎ 纪红建

"叽叽叽叽！"一阵鸟儿的鸣叫传来，像乐器奏出的音符般动听……

在哪儿？

在窗外茂密青翠的树林里。不！在阳台上。阳台上晾晒着豆角和豌豆，它们一边欢快地跳跃着鸣叫着，一边不急不慢地啄着食物。

姜孝新微笑着，在一旁静静地观看。他感到，这是井巷的原生态美，也是最美的音符。

井巷，是一个社区的名字。

她地处长沙城东南部——雨花区井湾子街道的一片茂密的树林间。建筑破落，环境脏乱，设施陈旧，矛盾交织……但那已是昨天的记忆了。整洁宜居的建筑，水流一般的马路；推窗见绿，出门赏花。一条叫圭塘的小河，由南向北，喧响着从东边流过，那是居民们的欢声笑语。旁边的燕子岭公园呢，风景优美，鸟语花香，那是居民们疲惫心灵休憩的港湾……

盛夏的这个上午，阳光透过树叶间丝丝空隙射了下来，像一片片碎银落在地上，也照到了姜孝新家的阳台上。鸟儿欢快地在阳台上蹦跶，似跃动的音符，也触发了姜孝新的音乐灵感。61岁的姜孝新当过知青，在郴州的一家发电厂当过工人，后来来到长沙，来到了井巷，住27栋1单元3楼。再后来，他离开井巷，在商海中搏击。但无论在哪里，他没有放弃过对音乐的爱好。特别是小提琴，自从40年前与它结缘，就一直是他灵魂的伴侣。很长时间里，井巷成了他对过去美好生活的回味。

……

这是2016年底的一天。当时《长沙市社区全面提质提档三年计划(2016—2018)》已推出，星城长沙已经拉开全面打造现代化新型社区的序幕，开始绘就城市发展的华丽蓝图。

井巷社区志愿者服务队，从开始的艰难成长，到后来的茁壮成长。从最开始的 6 个人，发展到后来的 11 个人，再到现在的 42 个人。他们分成 5 个组，从周一到周日，轮流值班。春夏秋冬，寒来暑往，风雨无阻。有垃圾捡垃圾，下雨天扫水，下雪天铲雪。对于家的概念，他们有了新的认识、理解与定位。

其实井巷并不只是一个社区，她更是新中国历史上一段亮丽的音符。而今年 71 岁的吴固根、67 岁的姜春芳等人，便是这段亮丽音符的数以千计的弹奏者之一。

从井湾路拐进一条马路，那是通往井巷的林荫道。行走在林荫道，犹如穿越了时空，恍惚走进时光记忆里。

……

"虽然我们井巷现在提质提档了，硬件设施提升了，外在环境变化了，但内在精神面貌的改变还需要一个过程。这是社区发展最为重要的，也需要大家的共同努力。"岳林还说。

后来，越来越多的居民被感化，他们有的主动加入志愿者队伍，有的更加讲究穿着、注重言行。

"不可能！不可能！"

2019 年 10 月的一天，井巷社区主任谢歌向雨花区一位副区长说起社区没有物业，但做到了垃圾分类和垃圾不落地时，这位副区长连声说。

几天后，副区长突然造访。他在井巷转了一圈，没看到一个垃圾桶，但到处干干净净，空气里也没有一丝垃圾的异味。在社区垃圾站门口，副区长碰见一个扔垃圾的居民。她手里提着两袋垃圾。

"为什么到垃圾站扔垃圾？"副区长问。

她说："我们社区没有垃圾桶，垃圾不能落地。"

"为什么提两袋垃圾呢？"

她说："一袋是可回收垃圾，一袋是不可回收垃圾。"

副区长什么也没说，面带微笑，悄然离开井巷。

但习惯养成的背后，是痛苦的历练。

井巷提质提档后，便在社区公共服务中心旁建了一个垃圾站。同时，区环卫局又在社区各处安放了垃圾桶。每个单元楼下配了一组垃圾桶，主马路也配了果皮桶。

……

"要真正做到垃圾分类，确实不是一朝一夕就能做成的，会需要一个比较长的过程。但只要我们下决心，并长期坚持，让大家养成习惯，习惯成自然，就能做到。"谢歌说，"万事开头难。但怕什么！我们有这么多党员，我们先从党员开始。"

随后，井巷的所有党员、所有的志愿者，带头对家里的垃圾进行分类，并每天准时送到垃圾站。他们不仅带头做，还负责监督。及时制止乱扔垃圾的现象，及时制止不对垃圾进行分类的现象。就连社区里的雷锋超市也推行垃圾分类。比如，居民交一节废电池到超市，可积一分，如果积满一百分，便可兑换30块钱的购物券……

谢歌说，这是一件人心所向之事，她的这一提议会得到绝大多数居民的赞同。

谢歌还说，更没想到垃圾分类的做法，犹如一阵春风吹进井巷，处处洋溢着蓬勃生机。现在，不仅绝大多数居民养成了垃圾分类、垃圾不落地的好习惯，更是自觉地维护支持社区对小区的管理。

谢歌说了一个例子：有人到社区来贴小广告，居民用他们自己的办法，比如，打电话告知贴小广告的人上门，然后"抓住他"进行批评教育，并要求清理所有的小广告。

谢歌发现：居民内心的律动，才是社区最美的音符。

井巷很小，她只有0.24平方公里，1306户，户籍人口4000多人，常住人口6000多人；但井巷又很大，她不仅是长沙的一个典型代表，也是中华大地数以万计社区的一个缩影。数以万计的"井巷音符"，共同构成了中国城市发展的"交响曲"。

井巷治理的探索与蝶变无不告诉我们：坚持"以人民为中心"的社会治理，抓实新时代文明实践工作，是中国市域社会治理现代化积极而有效的探索，也是城乡居民人心所向、相融共生的美好图景，更是触动心灵的美妙音符。

第五章
报告文学分哪几类

零基础教你写报告文学

报告文学从不同的角度可分为不同的类别，如：

从篇幅来分，可分为长篇报告文学、中篇报告文学、短篇报告文学；

从题材来分，可分为工业报告文学、农业报告文学、军事报告文学、科技报告文学、文教报告文学、金融报告文学等；

从写作对象的时间来分，可分为现实报告文学、历史报告文学；

从写作动机和目的来分，可分为歌颂性报告文学、揭露性报告文学；

　　从作品表现的重点来分，可分为写人为主的报告文学、记事为主的报告文学。

　　尽管分类多种多样，但习惯上一般把报告文学分为人物类报告文学、事件类报告文学、问题类报告文学、综合类报告文学四大类。

一、人物类报告文学

　　这是以报告人物、刻画人物为中心的报告文学。它是真实人物的再现，可以是现实人物，也可以是历史人物。人物报告文学有两种：一是集中写一个人物，或全面写或撷取片段写；二是写群体人物，或写一个单位或写一条战线的人物。如，《哥德巴赫猜想》写的主要是陈景润这个人，而《中国姑娘》写的就是一群人；《爱的奉献》写的主要是李桃辉，而《油茶飘香》则写了李运其、许雄智等一群人。

　　著名作家、中国报告文学学会副会长李春雷的代表作《木棉花开》，写的是任仲夷在广东主政期间坚定地推进改革开放政策的故事。他用春秋史笔，披露了当年鲜为人知的真实细节，同时从大人物的平民情怀与平民情结切入，透视时代风云，把推动改革开放的关键人物任仲夷活灵活现地刻画了出来。《木棉花开》在《广州文艺》2008年第4期上发表后，立即引起社会强烈关注，《人民日报》《光明日报》《南方日报》《文学报》等报刊纷纷转载和选载。接着，《新华文摘》重点推出。2008年10月，来自大陆、台湾省和香港特区的专家学者聚会广州，就《木棉花开》现象进行专题研讨，认为《木棉花开》不仅在文学创作领域有着明显的突破，而且具有极其独特的思想意义，将对中国报告文学创作产生重大影响。

二、事件类报告文学

这是一种以报道、描绘事件为主要内容的报告文学。它往往以现实社会中发生的重大事件为中心（如，大型工程项目、具有历史性的事件、抢救伤病员、突发自然灾害等），描绘事件参与者或现场人物的种种心态、行为或表现，揭示事件的内在意义。如，《唐山大地震》（钱钢）、《杨余傅事件真相》（董保存）等。《中国青年报》记者王石、房树民写的《为了六十一个阶级弟兄》，讲述的是 1960 年春节刚过，山西省平陆县有 61 位民工集体食物中毒，生命垂危。当地医院在没有解救药品的危急关头，用电话连线全国各地医疗部门，终于找到了解药。但当时交通不便，药品不能及时送达。当地政府便越级报告国务院，中央领导当即下令，动用部队运输机，将药品及时空投到事发地点，61 名民工兄弟得救了。该文成了报告文学写作的范文，入选中学课本，影响了几代人。文中流淌着的那种干群之间的真诚、质朴无华的深情，让人动容，而领导干部身上体现出来的"一切为了人民"的思想和急群众之所急，想群众之所想，与群众同呼吸共命运的工作作风，是那个时代共产党员的真实写照，也是什么时候都需要的。

三、问题类报告文学

这是 20 世纪 80 年代后期我国涌现并产生巨大影响的一种报告文学，充分体现了报告文学作者的一种责任和担当。它往往不拘于一人一事的限制，而是就普遍性的社会问题进行广泛采访，加以综合考察和描写。它取材于现实生活中受到普遍关心的问题，政治、经济、文化、科技、家庭、情感、伦理道德、自然环境等都是它写作的题材。如，《倾斜的足球场》（理由）、《太行山的断裂》（赵瑜）、《中国的"小皇帝"》（涵逸）、《伐木者，醒来！》（徐刚），等等。一部优秀的问题报告文学不仅能引起社会轰动，还能引起国家高层关注，甚至影响了国家有关政策的制定。如《伐木者，醒来！》发表之后，就产生了广泛的社会影响，国家调整了林业的相关政策。问题报告文学大多因为不触及具体的人物和事件，提出的又是人们普遍关注的问题，能紧跟时代潮流，有较强的新闻性，发表后常常引起较大的社会反响，但有的作品由于对人物和事件的淡化，甚至消失了情节主线和人物刻画，报告文学的文学性往往有所削弱，变为一般的调查报告。

四、综合类报告文学

综合类报告文学一般将事件、人物、问题融合起来进行创作，往往具有主题鲜明、思想性强，题材重大、背景复杂，涉及面宽广、时空跨度大，人物众多、头绪纷繁，结构复杂、手法多样，篇幅长、容量大等特点。也正因为有了这些特点，综合类报告文学也就成了各类中写作难度相对较大的了。

纪红建的《乡村国是》是一部典型的综合类报告文学。为写好《乡村国是》，纪红建走访了202个村庄，用手中的笔记录了六盘山区、滇桂黔石漠化片区、武陵山区、秦巴山区、乌蒙山区、罗霄山区、闽东山区，以及西藏山南、新疆喀什等精准扶贫重点地区贫困乡村脱贫攻坚的现实场景，走访了不计其数的贫困户、脱贫的老乡、在脱贫攻坚一线的扶贫工作者，带回了200多个小时的采访录音，整理了100多万字的采访素材。另外，他还阅读了大量的与扶贫脱贫相关的理论专著。书中用一个个真实、生动的故事展现了中国脱贫攻坚工作取得的巨大成就，呈现了扶贫工作的艰巨性和复杂性，有力地展现了中国扶贫的力量，传达了中国贫困地区脱贫老百姓的心声，彰显了中国在全球减贫事业中的责任意识和担当精神。《乡村国是》发表在《中国作家》纪实版2017年第9期上，出版后2018年获第七届鲁迅文学奖，2019年获中宣部第十五届精神文明建设"五个一工程"特别奖。中国当代文学研究会会长、中国社科院文学研究所研究员白烨评价《乡村国是》说："纪红建不畏难、敢担当，两年多的时间里，走访了全国精准扶贫'主战场'的39个县202个村庄，创作出这部全面反映我国脱贫攻坚的长篇报告文学作品。这部作品既真实、全面、生动地描述了我国扶贫工作取得的伟大功绩，也充满着思辨和温暖，是一部有历史纵深感和现场感、有血有肉的报告文学作品。"

《木棉花开》和《为了六十一个阶级兄弟》分别是写人物和事件的报告文学的代表性作品，其在文章主题提炼、结构安排、材料取舍、叙述方式、语言运用等多方面都值得我们学习和借鉴。

木棉花开（节选）

◎ 李春雷

如果说深圳是中国改革开放的皇冠，那么蛇口就是这顶皇冠上的明珠。

深圳和蛇口，梁湘和袁庚，相互避让，相得益彰，成为一段历史佳话。

那一年，青涩男孩郑炎潮还是华南师范大学的一位在读研究生，专业是经济学。

这时候，他用自己的眼睛惊奇地发现了一个天大的秘密：马克思经典著作与广东现实之间竟然存在着尖锐的矛盾！

按照马克思《资本论》中的界定，个体经济的雇工不能超过 8 人，超过这个数目就不是普通的个体经济，而是资本主义经济，其性质是资本家剥削。根据这个论断，国家对个体经济的帮工和学徒数目进行了明确规定，不允许超过雇工 8 人的个体经济存在和发展。但是，广州的现实情况却是大相径庭，几百年通商口岸的历史在这里积淀了丰厚的经商传统，政治气候稍稍回暖，以手工业者和小商贩等为代表的中国第一代个体户已在街头巷尾星火重燃。特别是近年来，随着与港澳地区联系的增多和外资企业的逐渐进入，以服装、皮具、电器、餐饮等行业为主的大量家庭作坊和私营工厂的规模越来越大，雇工数目何止 8 人，有的已经突破 80 人，甚至 800 人。这是一种什么性质的经济呢？他们都是新兴的资本家吗？

此时，"私"字在中国还是一个让人谈虎色变的名词，官方理论界仍然坚持马克思的说法，言辞很是霸权，甚至杀气腾腾。他们说，个体企业的再扩大就是私营化，而私营化就是私有制，私有制就是地地道道的资本主义经济，允许私有制经济发展，中国就是走资本主义道路。正是这时，1981 年 12 月 30 日，国务院又出台了严格控制农村劳动力进城务工的规定，舆论界蔑视其为"盲流"。

面对这种现状，郑炎潮很是担心，但这个课题却又强烈地吸引着他。于是，这个初生牛犊不怕虎的研究生在毕业论文里悄悄地列出一章，开始专门探讨。他走街串巷，对广州市超过8个雇工的个体企业进行了大量调查，为这种新兴的经济形式定义了一个名字："社会主义初级阶段的私营经济"。无疑，这个概念太敏感、太越轨了。论文答辩前夕，导师明确告诉他，这一章必须放弃，如不放弃，答辩肯定不能过关，他也不能毕业，更分配不了工作。

郑炎潮很迷茫，很痛苦，也很不甘心。这时候，他偶然听到一则消息：省委第一书记任仲夷很重视个体经济的发展，最近曾要求广东学术界专门研究这个问题。于是，1982年5月的一天，他突发奇想，把这一敏感的章节单独抽出来，买了一张8分钱邮票，用平信寄了出去。

让他做梦也没有想到的是，仅仅几天之后，任仲夷的电话就来了。

任仲夷的电话是亲自打给学校研究生院办公室的，说要找小郑。办公室人员根本没想到对方就是省委第一书记，说小郑不在，有什么事我们转告吧。任仲夷说这个事可没法转告，我要和小郑本人见面谈谈。于是就留下了一个电话号码，让郑炎潮晚上与他联系。

那一天晚上，这个平时羞与人言的农家小伙子忐忐忑忑地拨通了省委第一书记办公室的电话。

"您是任书记吧？"

"是啊。"

"我是郑炎潮，您打电话找我吗？"

"是啊，我打电话找不到你呀。"

"您有什么事吗？"

"你的论文，我收到了，感觉非常好，我想约你谈谈这个事，你有没有时间来？"

"好啊，我也想请教您啊。"

"明天来吧，怎么样？我接你过来。"

"不用接，不用接，我自己坐车就行了，我知道您在省委。"

"你不用自己来，我派车接你。是我请你的嘛，怎么能让你自己来？"

郑炎潮的心激动得"嘭嘭"狂跳，他不敢想象省委第一书记的专车到学校接他会引起什么后果，他只是不想让别人知道他的秘密。于是，就在电话里结结巴巴地解释着，坚持要自己去。最后，任仲夷只好同意了，并告诉明天下午 3 时在省委办公楼三楼办公室等他。

谈起那一天，郑炎潮永远记得。

第一次走进省委大院，而且是面见省委第一书记，对于这个乡下出身的孩子来说，实在是太离奇了，太紧张了。当走进那栋神秘的办公楼时，他越发地双手颤抖，心如撞兔。他被领进了一间宽大且简朴的办公室，一位满头白发满脸皱褶的老者微笑着迎了出来，抓住了他的手，用力地握着。当他明白这一掌温暖，这一泓微笑就是任仲夷时，心底那一只惊慌的兔子竟然倏忽不见了，他猛地感到面前这位慈善的老者极像自己乡下的父亲。这位慈善的父亲告诉他，自己46年前上大学时，专业也是经济学，自己也曾对理论感兴趣，后来在战争间隙还写过一本书叫《政治经济学》……他们的话题就这样徐徐展开了。

原来，以任仲夷为首的广东省委，对新兴的个体经济和雇工经营不仅没有任何"制止"和"纠正"，而且一直在努力为其争取着合法地位。上一年底，广东省工商局就出台了全国第一个鼓励支持个体经济发展的具体措施，就在十多天前，佛山市还成立了全国第一家个体劳动者协会。

郑炎潮结合调研资料和一些具体案例，对自己的观点进行了阐述。

任仲夷说：现在对于个体经济，只能扶持不能压制但要扶持，首先就要正名，如果头上始终悬着一把"资本主义"的达摩克利斯之剑，那还怎么发展？马克思关于个体经济有一个"8人规定"，但是到底超过雇工8人的个体经济应该叫什么？我们也没有想好，刚好看到你的论文，这在理论上是一个重大突破和创新，为我们的决策提供了依据，我支持你！我们还要围绕你的这些观点，制定一个政策，给它取一个正式的名字，就叫作"私营经济"怎么样？让它发展，让它壮大。

从此，中国改革开放史上正式诞生了一个全新的名词：私营经济。

接着，任仲夷深深地叹了一声："在中国搞学问不容易啊，有风险。"

"是啊，导师提醒我有麻烦，答辩可能过不了关。"

"你已经超出了马克思的书本，人家说你怎么样你就怎么样，说你反马克思你就成了反马克思。"

"我没有反啊，马克思也主张解放生产力，列宁还有'新经济政策'呢，为什么我们不能借鉴呢?"

"不过你不要怕，时代在进步，你要根据自己掌握的材料，选准自己的研究方向。选准了方向就要坚持下去，坚持自己的学术品格，不要为任何非学术的评价所动。"

……

窗外的木棉树在静静地谛听着，思考着。

谈话时，任仲夷的眼睛一直在慈祥地抚摸着郑炎潮。据不少见过他的人说，任仲夷相貌清奇，最奇迥的就是那一双凸出的大眼：愤怒时猎猎如火，静思时深邃如渊，兴奋时明亮如灯。"文化大革命"时，造反派画漫画，就抓准他这个特点，三笔五画，就是一副肖像。多少年后，郑炎潮永远铭记着那一双慈祥的眼睛，热热的，亮亮的，像一盏灯，在他的心底温暖了几十年。

这次谈话之后，郑炎潮的论文答辩顺利过关。毕业后，他也走上了经济研究之路，直至成为一名广东优秀的经济学家。

……

1983 年春天，任仲夷明显感到心律不齐，去医院检查，连医生的脸都白了：他的心跳竟然每天比正常人早搏 3 万次。劝他马上动手术，他笑一笑，说自己身体好能抗得住，拒绝了。又劝他半天工作半天休息，可这无异于与虎谋皮，怎么可能呢?

任仲夷的工作量之大让人难以想象。有一个细节可窥一斑，他在任期间极少乘坐轿车，他的专车就是一部 12 座的丰田面包。为什么？就是为了利用路途时间便于听取汇报和讨论开会。面包车就是一个流动的办公室，而他就是一台永远不知疲倦的机器，每时每刻都在高速地高效地运转着……

驾驶着羸弱的身躯，背负着繁重的压力，任仲夷像一个无所畏惧的孤胆英雄，高擎着自己的灵魂之火，透支着全部的生命能量，义无反顾地行走在广袤的岭南大地上。他在探求着一条道路，他在追寻着一个梦想。

那是百姓的福祉，那是文明的微笑，那是人类的大道！

……

他的胆囊又开始隐隐作痛了，愈加剧烈，发展到腹胀，厌食，疼痛难忍。

1984 年元旦过后，他被送进了医院。胆囊结石，严重发炎，必须马上切除，否则，腹背受敌，危及生命。

手术开始了，所有的医生简直惊呆了，做了这么多例手术，还从来没有见过如此畸大的胆囊，畸大的胆囊被撑得鼓胀胀的，随时可能爆裂，像一个熟透的桃子。打开桃子，医生们更是叹为观止：里面塞满了 16 枚圆圆滚滚的结石，大的像鹌鹑蛋，小似花生豆、黄豆、豇豆……

哦，怪不得老家伙如此生猛，原来他的胆囊里揣满了石头！

哈维尔说：政治是求得有意义的生活的一种途径，是保护和服务人的一种途径。

但在中国，政治是一个复杂、危险而又甜蜜的特殊职业，官员们大都只是在使用和享受着政治的特权和舒适，而很少去理解和履行真正的政治责任。其实，真正的政治家，并不仅仅是那些手握国柄、经略风云的股肱巨擘，而是每一个公务员，是不是在各自所处的岗位上尽到了应尽的社会责任。从这个意义上说，绝大多数的人都有所欠缺，而任仲夷则是一位伟大的政治家。他在广东省委第一书记的任职上，竭尽全力，敢踩逆流，不避斧钺，为天地立心，为生民立命，为岭南开太平，尽到了当时的历史条件下所能尽到的几乎全部天职。

但他又是一个清醒的现实主义者，他阅尽沧桑，大彻大悟，洞察世事，知其能所为，也知其不能为。这就注定了他的一生是一位奋勇的开拓者、冒险者，同时又是一位清醒的孤独者、失落者。

任仲夷退休的 1985 年，广东的经济总量已经跃居全国第一位。岭南大地已经全面发酵，物阜民丰，山河肥美，而只有他自己萎缩了。他的体重比上任时减少了近 30 公斤，身材也矮小了 5 厘米，他瘦弱成了一个干巴巴、颤巍巍的岭南阿公……

卸任前，他又一次去了深圳。站在文锦渡口，眺望着两岸星河般灿烂的灯光，他笑了，他的笑容一如这星河般灿烂。

他挥挥手，他要告别这一片灿烂的星河了。

这是一次平静而隆重的谢幕……

任仲夷退休时，中央本已安排他到北京定居。但是，他的感情已经在这里深深扎根，他决心把自己的余生交给这片土地了。

生为岭南人，死亦岭南土。

为了六十一个阶级兄弟(节选)

◎ 王石　房树民

　　紧张，无比的紧张！空气窒人，医生、护士挥汗如雨。县人民医院负责医生解克勤等同志，经过紧张详细的会诊后，断定：

　　"非用特效药'二巯基丙醇'不可！必须在四日黎明前给病人注射这种药，否则无救！赶快派人去找！"

就在同一个时间内

　　县委会里，不安之夜。

　　郝书记不停地吸着烟，守在电话机旁，他嘴角上的皱纹更深了。参加革命二十多年来，他养成了这样一种习惯：自个生病（他现在还患着关节炎），好像没那么回事，可乡亲们一有个头痛脑热，他就记着放不下，非想个法帮你治好，心里才舒坦。何况，现在这六十一个同志，有的是生命危险！郝书记更加坐卧不安了。……这时候，他们接到了患者急需"二巯基丙醇"的电话，马上就派人去找。县人民医院的司药王文明和张寅虎，这两个小伙子连厚衣服也没顾得穿，两步并作一步走，跳过一道道深沟险壑，到三门峡市去找药。你看，这才叫真正的"司药员"：药房里没有的，他愿意经历千辛万苦，跑遍天涯海角，也要给你找到！

　　他们来到了黄河茅津渡口。在微微的星光底下，只见那黄河翻滚着巨浪，只听那河水拍打岸头，声声震人心碎。这两个小青年，明明知道夜渡黄河容易翻船落水，极其危险。但是，为了挽救六十一位同志的生命，在这重要的时刻，就是天大的险，他们也心甘情愿去冒！他们毫不犹豫地去敲船工的门。船工从酣睡中醒来：

"敲门干什么？"

"请摆我们渡河！"

"黄河渡口，自古以来，夜不行船，等天亮吧！"

"不能等！为了救人今夜非过河不可！"

当船工们听说是为了挽救六十一个祖国建设者，老艄工王希坚，不顾今晚正发喘，猛然从热乎乎的被窝里跳了起来，系上搭，吆喝一声："伙计们，走！"后面王云堂等几个人紧紧跟上。来到岸边，二话不说，驾起船，直奔河心。凭着与黄河巨浪搏斗了几十年的经验，凭着一颗颗赤诚的心，终于打破了黄河不夜渡的老例，把取药人安全送到了对岸。

可是，三门峡市没有这种特效药！

这已经是二月三日的中午了。时间啊，你停滞一会儿吧！你为什么老是从人们的身边嗖嗖地疾驰而过，想挽也挽不住……

郝书记急切而坚定地指示："我们还是应该就地解决。向运城县去找！向临汾县去找！向附近各地去找！"

就在这时，张村公社医院又来了电话："如果明晨以前拿不到'二巯基丙醇'，十四名重患者，将会有死亡！"

找药的电话不断地回来了：

运城县没这种药！

临汾县没这种药！

附近各地都没这种药！

郝书记斩钉截铁地说："为了六十一位同志的生命，现在我们只好麻烦中央，向首都求援。向中央卫生部挂特急电话！向特药商店挂特急电话！"

于是，这场紧张的抢救战，在二千里外的首都，接续着开始了……

人心向北京，北京的心立刻和平陆的心一起跳动……

二月三日，下午四时多，在卫生部

在中华人民共和国卫生部的一所四合院里，药政管理局的许多同志，都停下了别的工作，忙办这件刻不容缓的事。药品器材处长江冰同志，在接到平陆县委打来的电话后，就一面叫人通知八面槽特种药品商店赶快准备药品，一面跑去请示局长和正在开党组会议的几位部长。徐运北副部长指示：一定要把这件事负责办好，立刻找民航局或请空军支援送药！

现在，处里胖胖的老吴同志，头上汗水津津，正在紧张地向特种药品商店催药。共青团员冀钟昌正在与民航局联系。电话里传来的是不匀称的呼吸，显然对方也在焦急：

"明天早晨，才有班机去太原，那太迟了，太迟了！……对啦，请求空军支援！"

真急人，电话一个劲儿占线。当小冀接通了空军领导机关的电话时，空军已晓得了这件事。原来民航局先一步为此事打来了电话，这时，值班主任向小冀又进一步了解了卫生部的要求，立跑去请示首长。首长指示：全力支援，要办得又快又好！于是，像开始了一场战斗一样，有关人员各就各位，研究航线，研究空投，向部队发出命令……这一切都办得十分神速，这一切都贯注着人民军队的光荣传统，都贯注着对人民极其深沉的爱！

阶级友爱，情深似海。在我们中间，一个人发生困难，就有上百、上千、上万个素不相识的人，热切地向你伸出手，不遗余力地帮助你……

就在同一个时间内

我们的特种药品商店里，党支部书记田忱和爱海都爱中国员何思鲁，正拿着电筒，伏在地图上，照啊，找啊，他们干什么呢？屋里明明亮着太阳灯，往常，针掉到地上都可以找到，可是今天却怎么也不够亮。噢，他们在找：平陆在哪儿？他们在想：到底如何运送？这些，迄今还都是悬案！

正在这急死人的节骨眼上，卫生部又来了电话：

"空军已热情支援，保证今夜把药品空投到平陆县城！请你们快把一千支药品装进木箱，箱外要装上发光设备……"

有飞机啦！人们的心眼里，真像是久旱逢甘雨，兴奋得都跳起来了！但紧跟着又是一个困难：这发光设备可怎么解决呢？

……

时间，一秒，一分……一闪而过。现在距离四日清晨已经没几个小时了。

在张村公社医院里，空气仍然异常紧张！张村公社的社员们，给自己的弟兄送来了大量豆腐、粉条、蔬菜、糖、细粮……这些东西堆在那里，有谁能吃呢？我们的弟兄还在危险中！山西省人民医院、临汾人民医院在听到这项紧急消息后，也都迅速派来了医生。现在，四十多位医护人员，头上冒着一串串的汗珠，他们已经二十来个小时没合眼。为了延续这六十一条生命，土法、洋方，各式各样的招，都使尽了，可是病人还不见有何好转！！

突然有人报告："同志们，县委来电话说，中央已决定今晚派飞机送药来！"

这是真的吗？是真的！病人们那绝望的眼神，忽地亮了，人们的眼里，都饱含着无限感激的热泪……

现在，是夜里九点零三分

北京，繁星满天。一架军用运输机，满载首都人民的深情厚谊，冲向银光闪闪的夜空，向西南方向风驰电掣地飞去。卫生部的陈寅卿同志随机前往。

这是一次十分困难的飞行。夜间空投，在平陆空投场没有地面指挥和对空联络的情况下，加上地形复杂，山峦重重，空投的又是水剂药品，而且要保证做到万无一失……部队领导对这次空投任务极为重视，政委、大队长、参谋长亲自研究，特别选派了最有经验的机长、领航长、通讯长和机械师，并且是一架飞机，派了两个机组同时前往。就在起飞之前，他们还选择了最好的降落伞，把药箱加了重，一切都筹划得最有把握，大家满怀着信心。

一个飞行员十分激动地请示机长："为了使药箱确保及时送到，我请求批准我跟着药箱一起下去！"

机长说："首长已经指示，人不要下去，我们要保证把药品准确投到！"

现在，我们的雄鹰正在高速航行。下面是茫茫大地，祖国到处是不夜城，繁星与万家灯火交相辉映，这时候，有多少人，还在辛勤地为祖国劳动着！

就在同一个时间内

在平陆县城外的圣人涧，四大堆火越烧越旺。人流如春潮，数不清的手电光点缀着夜空，活像国庆夜首都天安门的探照灯光。郝书记、郭县长等都亲赴现场来了。

"看，天上有个亮灯下来了！"突然谁叫。

"那是降落伞，那是神药！"

几千双手高高地举起来，谁都想把这一箱药擎住！人们向飞机、向降落伞此起彼伏地欢呼！

降落伞带着闪闪的亮灯向下飘落！人流追踪着降落伞飘落，跑啊！跑啊！郭逢恒县长向降落伞跑去，劈面碰见了蒲剧演员杨果娃，这是个十六岁的女孩，唱小旦的。她的脸上还抹着红红的粉，戏装也没卸，全是舞台上那个打扮呢！

……

降落伞带着药箱安全地着陆了，安在药箱四角的电灯闪闪地亮着，寨头管理区的社员最先抱住了药箱！几千人簇拥着这一箱药，你刚扛了两步，他抢过去又扛在肩上……

交通局派来的一辆最好的汽车和最好的司机沈宽亮，早已等在县委会门口。药箱放在车上，车就大开油门，向五十里外的张村医院飞奔。俗话说：平陆不平沟三千。这里的山路狭窄崎岖，极其难行，汽车随时都可能发生故障抛锚。沈宽亮早把汽车做了最好的检修，可是他还在想：

"万一出了毛病，我就扛着它送去！"

二月三日，深夜

盼！盼——在张村公社医院的大门口，社员们、医护人员们正焦急地盼望着……

汽车开来了！

迅速拿下药箱。

迅速注射。

注射剂十分灵效，立竿见影，病人立时止住了疼痛，恢复了神智。医生原来规定，药品不能迟于四日黎明找到，但这药品却在黎明之前就送到了。我们的六十一个阶级弟兄化险为夷了！他们新的更强壮的生命，是党给予的，是同志们用真情友爱救活的。狂喜从人们的心底里迸发出来……

第六章

报告文学与其他文体有什么区别

报告文学与新闻、散文、小说、诗歌、戏剧等都或多或少地有相同或相似之处，但更多的是不同。下边主要来看看报告文学与新闻、散文、小说的区别。

一、报告文学与新闻的区别

两者主要的共同点都是以真人真事为写作对象，区别主要在于：一是文体上的不同。报告文学属于文学范畴，具有文学的一些特点，强调在真人真事的基础上运用相应的文学手段，而新闻不是文学，强调的是客观真实。二是语言上的不同。报告文学的语言强调形象化、个性化、生活化，而新闻的语言更多的是要求准确、精练、平实，概括性、逻辑性更强。三是表现手法上的不同。报告文学常常使用多种修辞手法，艺术地表现客观事实，给人以强烈的形象感，以增强作品的感染力，而新闻主要是叙述事实，在有限的篇幅里将新闻的要素交代清楚，形象化的手段只是辅助性的。四是时效要求上的不同。新闻强调"快"，要及时写作，及时发表，报告文学也讲求时效性，但时效性相对没有新闻那么强烈。

有人说新闻的结束就是文学的开始。新闻大多是告诉你发生了什么；而文学往往是追问怎么了，为什么。这正是文学比新闻更有魅力的地方。不少报告文学就是从新闻得到信息，受到触动，得到启发，获得灵感，去追踪新闻事件、新闻人物而成的。

确实，有不少的报告文学是新闻的延续和深化，或者说是新闻的具体化和文学化，但并不是所有的新闻都能转化为报告文学的，这关键要看新闻事件和新闻人物的是否具有一定的典型性、社会性，是否具有可文学化的相应的故事和细节；换句话说，就是这事件和人物有没有东西可写，写出来了能不能引起社会的关注和重视。

报告文学《"水鬼"的天下》的作者朱晓军在《仅仅真实是不够的》一文中说，新闻是事学，文学是人学，事学注重事实，文学注重主观感受，不仅对事对人有深层解读，而且融有作家的主观感觉与情感，表述不仅要准确，还要有情感的体温。

二、报告文学与散文的区别

报告文学和散文最大的共同点是文学性，都可以写实，都要把文章写活，其区别主要在于：散文是形散而神不散，写的可以是真实的，也可以是虚构的，虽然大多以叙述为主，但议论和抒情的成分也不少，往往是把叙述与抒情和议论融为一体，情景交融，夹叙夹议；而报告文学必须写真实的，真实地写，主要通过描写、叙述、说明来表达，抒情和议论一般只是点缀和升华。

报告文学是从散文中分离出来的，加上有的报告文学又写得散文化，非常优美，而有的散文又注重写实，把人物放在特定的时空里去写，写得活灵活现，把事件写得有头有尾，就那么回事。这样一来，有时如果不是对作品中的事或人有所了解，那往往就不知道写的是散文还是报告文学了。这也正是近年来各种征文、评奖出现误评、举报等的原因之一。

三、报告文学与小说的区别

报告文学与小说在安排结构、运用细节、刻画人物、提炼语言等方面有相似之处，但二者又是完全不同的文体，报告文学不能虚构，所有的艺术概括与加工，都不能违反真实性的原则。《基希及其报告文学》的作者 T. 巴克指出："在小说里，人生是反映在人物的意识上。""在报告文学里，人生却反映在报告者的意识上。""小说有它自己的主要线索，它的主角们的生活。而报告文学的主要线索就是主题本身。"这段话表明，报告文学是作者思想的更直接的表达——不论写作者所采用的是怎样的一种表述的手段和风格，但都不是，也不必要，更不允许以创造和综合人物典型那样的手段去表述。这就是小说与报告文学二者之间主要的区别，也就是它们各自的界限。

写报告文学和小说都要深入生活，但一个是采访，一个是体验。小说作家通过体验生活积累素材，从生活中得到启发或启示，获得灵感，提炼主题，进行创作；而报告文学作家是通过采访掌握更多一手材料，为后边的创作打下基础。报告文学一样要写人物，但不是"塑造"人物，而是刻画人物，因为它写的人是真实存在的，是生活中的一个实体，作者不能运用典型化的手法让人物而变得高一点或矮一点，胖一点或瘦一点。报告文学要刻画人物，但不能"塑造"人物。

下边有三篇短文，我们可以通过比较，看出哪是报告文学、哪是散文、哪是小说。

苗木青青（节选）

◎ 胡小平

2021 年 11 月 13 日，又是周末，还不到十点，我又驱车从长沙赶到了湘潭林泉山农林科技有限公司，再次采访许雄智和他的合作伙伴。

一下车，只见宋娟一手拿着本子，一手拿着卷尺，在高大的敞棚里来回小跑着，指挥铲车司机将堆成了小山的土不断地往里边铲，往上堆。司机几回问行了不。她总说不行，下午还有不少的土会拖进来。一见她停下来，我忙跑过去，问她怎么堆这么多的土，是用来干什么的。她看我一眼，说这土有熟的，有生的，得拌上肥料，混合加工一下，到时候用来发油茶苗子。我想再问她，她却指了一下外边的苗圃，又小跑起来，不再管我。

苗圃里，劳世文在跟人有些激动地比画着什么，我跑过去一问，是有两畦苗子的喷灌出了故障，幸好她发现了，要不天这么干，一天不浇水，苗子准会出问题。那人边更换配件边说责任在他，扣他工资没意见。劳世文说那是得扣，这是规矩，好在他态度好，以往也少有差错，这回就只象征性地扣点工资算了。那人连连道谢。我朝劳世文竖了竖大拇指。劳世文瞟一眼那人，悄悄跟我说，这不扣不行，但又不能太狠。我点点头，问她许雄智在哪儿。她指了指左侧的山坡，说他在那儿开推土机呢。

许雄智从推土机上跳下来，摘下手套递给等在下边的司机，说刚才是让他休息一会儿，好人停车不停，上边催得紧，得尽快让这一片地平整好了，尽快复耕。他指了指前前后后，说这坡地下个月就会种上作物，或是油茶。我问他怎么还开推土机了。他说他大大小小的车什么都会开，还开过坦克呢。我疑惑地看着他。他用搭在肩上的毛巾擦了一把脸上的汗，边用手扫了扫头上的灰，边说在对越自卫反击的时候，他开着满载慰问物资的小卡车，代表单位上前线慰问，就在那儿开过坦克。我来了兴趣，想请他分享去慰问的故事，他来电话了，是镇长请他去有事商量。

我跟许雄智扬扬手，下了山坡，跨过水渠，穿过苗圃，走上水泥路，在路边菜地里跟汪大爷聊了几句，见李世荣家的门开着，便信步走了过去。

李世荣坐在小竹椅上，边将地上的红辣椒分捡到两个簸箕里，边说他刚才从公司下班回来，顺路在菜地里摘了这些辣椒，等下一大半晒上，一小半做剁辣椒。他妻子边说她也从苗圃回来不久，边端了洗衣盆过来，在我对面的小竹椅上坐下。我问他们在公司上班一天干几个小时，给多少工资。李世荣说一天就干四五个小时的活儿，工资男的八十块钱一天，女的一天七十块钱。他妻子边洗衣服边说，干活时间不太长，活儿也不太累，又在家门口，还能挣工钱，家里地里都照顾到了，真好。李世荣望一眼门外的苗圃，说是啊，许雄智他们一来，把田地都利用起来了，又修渠又修路，还种的是油茶苗，一眼望去，一垄全是青青的、绿绿的，看着都舒服，村子都变了个样。他妻子说，可不是，前几年政府把煤矿关了，这两年许雄智他们又把油茶栽到矿山上去了，说要把矿山修复过来。她指了指门外的天空，说这些年来，看着看着山就青了，水就绿了，天就高了，蓝了，不再像原来那样天天是灰蒙蒙的，到处是黑乎乎的了。李世荣说，许雄智他们几个能把苗圃办在村上，那是他们人好，心善，也是村上大家福气好。

八年前的秋天，刚退休的许雄智和劳世文，与经营苗圃多年的宋娟一同来湘潭县谭家山镇霞峰村考察，尽管村上在矿区，污染严重，田地又不蓄水，但他们被村民那种渴求的眼神和真诚的话语所感动，放弃了条件优越的地方，一心把苗圃建在了霞峰村，并成立了公司，宋娟出任董事长，许雄智担任总经理，又都把家从长沙搬了过来，说苗圃不搞出样子来，那就不回长沙。

……

许雄智站在路边，指了指前方一眼望不到边的满垄的油茶苗，又指了指身后绵延到山下的一个连一个的苗木大棚，有几分得意和自豪地说，八年来，他们在苗圃投入了两千多万，苗圃已有了近两千亩，全省只要有油茶栽种的地方就有他们的苗木，可以说他们的苗木栽遍了三湘四水。宋娟说他们之所以看中了油茶苗木，那是因为茶油是"神奇的东方橄榄油"，油茶是"神奇的东方树"，油茶不仅是经济林木，还能改善生态，国家支持，市场需要，有着广阔的前景。许雄智点点头，指了指远处的山头，说那就是原来的矿区，开采了几十年的煤矿终于关停了，他们已把油茶栽到了矿区的山头上，修复矿山，恢复生态。

……

夕阳里，许雄智边指点着苗木，边说到下个月就更忙了，又要出苗木，送苗木了。他说着手机响了，是有人要预订苗木。

冬阳暖暖！苗木青青！

山村夜色美(节选)

◎ 胡小平

静静地坐在溪边的石磴上，我分明感到了溪水的清冽，闻到了溪水的清甜。开了手电，我刚要跳下去，想捧了溪水来喝，突然听到溪里"咕"的一声，随后又"咚"的一响。邱朝晖一拍我的肩膀，有几分得意地说，怎么样，溪里有石蛙吧？我说没错，还真有，走，快下去捉了上来。他忙按住我的肩膀，说那不行，捉不得。我说那有什么捉不得，正好捉来给场子做种呗。我说着将衣袖一撸，起身就要往溪里跳。他一把拉着我的手，再一拖，拖得我连连后退。我顺势坐在了地上。他边扶我边问摔着了没有，疼不。我说屁股给摔成两瓣了，不过，如果把石蛙捉上来就不疼了。他手一松，走开了。我站立不稳，又坐在了地上。

邱朝晖在我身边蹲下，说那石蛙真不能捉。见我没搭理他，他往前挪了挪，指着溪里，说过去这里边石蛙多的是，不知怎么后来就不见了踪影，好在这些年来山深了，林密了，石蛙又有了，但还少，刚才是运气好，碰上了。我刚要开口，他又抢着说，这石蛙对水和环境的要求可高了，稍有一点杂质，稍有一点污染，就存活不了，可以说是生态的试金石和检验员。他说着侧耳听了听，朝我嘿嘿一笑，说那石蛙早躲起来了，想捉也捉不着了。我说那我就在这儿守着，它总会再出来的。他愣了愣，一甩手，边往前走边说，那好，你就在那儿守吧！我哈哈大笑着追了上去。他在我胸前一擂，说他就知道我是说着玩的。

我望了望满天星斗，看了看四面山色，说这里真是世外桃源一般！邱朝晖说这要不是世外桃源一般，那溪里又哪能有石蛙呢。

光柱下，一只金色的大石蛙神气十足地坐在池岸上，一动不动，仿佛一尊雕塑。邱朝晖说它应该有六七两，还不算最大的，又问我它像什么。我说它就像一个金娃娃。邱朝晖眨了眨眼睛，指了指我，开心地笑着。

邱朝晖蹲下去，朝我打了个手势，见我准备好了，猛地揭开池边一块木板，我忙点了几下手机，同时听到一片混乱的哗啦声。我一看拍下的照片，头两张是好几只石蛙或坐或趴在浅水里，后几张是四处逃散的石蛙和溅起的水花。

池子里满是蝌蚪。邱朝晖说这蝌蚪再过几天脱了尾巴，就得分池养了，又说石蛙从蝌蚪长到七八两，那得两三年，可不容易。我说那是，正因为生长期长，才那么好吃，才营养丰富，号称溪中人参，又说也正因为生长期长，才成本高，风险大。邱朝晖说是风险大，但利润也可观。

站在养殖场外，邱朝晖看了看山，听了听水，说村里人就靠山吃山，靠水吃水，他不能辜负了这么好的山，这么好的水，就得把这山这水好好地利用起来，让这山这水为乡亲们带来更多的财富。

刚才来养殖场的路上，他兴致勃勃地跟我聊着石蛙。我更多的是倾听，只偶尔插上一句两句，问他几个为什么。当他津津乐道地说着将怎样扩大石蛙养殖时，我沉默了。三年前，他在这溪里发现了石蛙，觉得时机到了，机会来了，便开始了养殖石蛙。

……

车子轻快地在蜿蜒的水泥路上行驶着。路灯一盏一盏地往后滑过，楼房一栋一栋地迎面走来。我在心底感慨，又问着自己，这还是那个偏僻贫穷的小山村吗？邱朝晖似乎看出了我在想什么，一拍方向盘，说这些年，村上是变了，是富了，但这还不算什么，再过几年，乘着乡村振兴的东风，村上一定会更漂亮，更美丽。

在山庄下了车，邱朝晖拉着我往池塘边的石桌前一坐，哗哗地就往杯里倒他自酿的木瓜酒。我明白他的心思，不等他举杯就说那石蛙可以扩大养殖，但不可贪大，得稳中求进，一步一个脚印来。他一拍桌子，说他就这么想的，又一拍我的肩膀，说等他的养殖场大了，如果有资金需求，可得帮他一把。我笑而不言。他指了指我，哈哈大笑。

一个游客走过来，看了看那波光闪耀的池塘，那山脚下亮着灯的吊脚楼，再望了望那朦胧的山峰，那满天的星斗，双臂一张，说这山村真好，夜色真美！

是啊，这里山好水好生态好，山美水美夜色美，而更好更美的是那小竹椅和小碗茶，是那老大爷和老大娘，是那正圆哥和邱朝晖，还有那溪流和石蛙！

良苦用心(节选)

◎ 胡小平

在山里转了一个多小时后，车子开进了村部坑坑洼洼的地坪里。坪边靠山脚下有一栋破旧的单层砖木结构的房子。刘干事说，这里原来是村小学，现在村上的小学合并到邻村去了，这里就成了村部。下了车，送我来的行长四面看了看，悄悄跟我说，看样子这个村还真是有点贫困，又拍了拍我的肩膀，要我有个心理准备。我说早准备好了，既来之，则安之，不会给他丢脸，不会给行里抹黑。在去村上之前，我们扶贫队先去了镇上，听取了镇上的情况介绍。镇上安排刘干事送我们来村上参加见面会。

阳光一束束从屋顶的瓦缝间照射下来，明晃晃的有些刺眼，让人有点晕眩。会议桌是课桌拼起来的，高高低低，歪歪斜斜，课桌还有的少了盖板，有的缺了腿脚，或是给老鼠咬破了。村支书打趣说，今天运气好，出了太阳，正好可以晒一晒身上的霉气，要是下大雨，那这里边就下小雨，这会那就得戴斗笠开了，又招呼我们坐稳当了，别摔倒，凳子不牢靠。落座之后，刘干事将我们一一介绍给了村支两委的干部和村民代表。

"你们来村上扶贫，那是来帮我们。这是好事，我们自然欢喜，求之不得，不过，如果又是只带来一张嘴巴，叽里呱啦说一通就走了，那我是明人不说暗话，不稀罕，不欢迎，不如莫来！"村支书表示欢迎我们的话还没说完，有人就火星四溅地这样说了。

"对，老王叔说得对，扶贫扶贫，带钱来了才是扶贫，要是没带钱来，就凭一张空嘴打哇哇，那把死的说活了也没有用，别耽误了我们砍柴挖地的工夫。"村支书一愣，还在看老王叔坐在哪儿，已有人又附和上了。

"黑老鼠说……说得好，说到我心窝里去了，如果没有钱，或是钱带少了，那你们是不如趁……趁早回去，莫枉费了你们的一片好意，也免得给村上添麻……麻烦，还……"

……

"实在？"支书呵呵一笑，"你们也想得太实在，说得太实在了吧。"

"那难道你还要我们说假话不成？"黑老鼠歪着头，看着支书。

"谁要你们说假话了？谁要你们说假话了！"支书敲了敲桌子，指着黑老鼠和憨巴牯，"我知道，你们不想穷，不愿穷，更想讨个老婆，有儿有女。这都是好事。可这样的好事，也不能全指望扶贫队来解决，扶贫队毕竟能帮一年只一年，给一点只一点，关键的还得靠你们自己。"

"我又没说扶贫队来了就不干活了。可扶贫队既然又来了，那也总不能跟上次的一样，让我们空得了个名声吧。"黑老鼠左右看着。

"那都是过去的事了，你就别提了。"支书朝黑老鼠一挥手，微笑着看着行长，"你们要知道，现在跟几年前情况不一样了，上边的要求也不一样了。大家放心好了，这一届的扶贫队，跟上次的肯定会不一样。"

"那好，刘干事。"黑老鼠转过身，盯着刘干事，"那就请你透露一下，这回的扶贫队带了多少钱来？"

刘干事甩了一把脸上的汗，看看队长，又看看行长，不知说什么好。

"黑老鼠，你是个木脑壳吧？"支书脸一沉，指着黑老鼠，"你就非要在这里问个清楚不行？"

"这里不问，那……那到哪里问？"憨巴牯又站了起来。

"你……"支书指了一下憨巴牯，又指了一下黑老鼠，指着门口，"你们还要在这一唱一和，开口闭口就是钱钱钱的，那你们都给我滚！"

……

"那到底能给村上多少钱啊?"黑老鼠眯着眼睛看着支书。

"你?"支书指一下黑老鼠,挠了一下头,再一拍胸脯,"这个啊,我可以明确地告诉你,也可以负责任地告诉大家,这回扶贫队带来的钱肯定不会少,肯定比上次的多得多,至于具体是多少呢?"他眼睛一转,哈哈一笑,"那暂时保密,保密。"他有点神秘地在鼻子跟前亮了亮食指,朝大家拱拱手,又压压手,然后微笑着看着行长,说请行长做重要讲话。行长话不多,但赢得了热烈的掌声。

见面会就这样开了。我心里有点不是滋味,也隐约感觉到了什么。行长悄悄安慰我,鼓励我,要我理解支书和黑老鼠他们,他们越是这样,说明他们越是在乎我们,看重我们,那我们就越是不能辜负他们,又说他一定会千方百计想办法,哪怕行里费用开支紧一点,大家勒一勒裤带,也要想办法多弄点钱到村上来,多给村上和村民办实事,办好事,赢得村上和村民的信任和尊重,让我在这里快快乐乐地扶贫、安安心心地扶贫,绝对不会让我在这里难堪、难过。听他这么一说,加上自己再一琢磨,心里也就亮堂起来。

两年后,当我即将离开村上,站在新建成的学校门口,提及那次见面会时,支书有点羞涩地笑了笑,说他和黑老鼠他们当时还真是演了一出双簧,只是黑老鼠他们有点过了火,没按设定的来。我哈哈一笑,擂了他一拳,说果然如此,又朝他大拇指一竖,说我懂了。他问我懂什么。我说懂了他的一片良苦用心。

通过比较,我们以可看出来,《苗木青青》是报告文学,《山村夜色美》是散文,《良苦用心》是小说。

第七章
报告文学与一般材料的异同在哪儿

要弄清报告文学与一般材料的异同在哪儿，我们不妨先看一看下边的《乡村致富带头人》和《油茶飘香》及《爱因你而美丽》和《爱的奉献》四篇文章。

乡村致富带头人（节选）

——李运其先进事迹材料

李运其，男，现年 59 岁，农艺师，湖南农其科技开发有限公司总经理，湖南省劳动模范，湘潭市党代表，湘潭县政协委员，湘潭县射埠镇月塘村支部书记。作为一名农民企业家和基层党支部书记，他坚持以科技致富，发挥典型引路作用，带出了一帮技术骨干和致富能手，成为一方的致富带头人，得到了群众和领导的一致好评。他先后被评为"全省十佳造林模范""湘潭市科技示范户""湘潭县农村致富带头人十佳标兵""国家级绿色小康户"。

一、刻苦钻研，走科技致富之路

由于家境清贫，李运其十几岁就外出闯荡，他打过工，办过厂，开过矿，搞过汽车运输。1999 年，他带着辛辛苦苦积攒下来的 20 多万元回到家乡湘潭县射埠镇月塘村，承包了村上 110 亩荒山，种植"枣皮"。由于缺乏科学的栽培技术，加上气候和土壤等方面的原因，树苗枯萎死亡，投入全打了水漂。之后在林业部门的悉心指导下，他改种板栗，后又大面积种植油茶。为提升自身的科技水平，他参加了种植业技术大专班培训，主要学习油茶的栽培管理技术。同时，他买了很多关于油茶等经济林栽培技术方面的书籍，在家认真钻研。在栽培中遇到疑难问题，他就跑到省林科院和林业部门找专家请教。他引进种植了省林科院选育的湘林系列油茶新品种，产量高，油质好。他学会了油茶大树撕皮芽接法和幼苗芽苗砧嫁接法，采用 30%—40% 透光度遮阳网培育油茶嫁接苗，使嫁接成活率提高到 90% 以上，对炭疽病的发生也具有相当明显防治效果。由于技术过硬，管理到位，他通过低改、新造，建成了 8000 多亩良种油茶种植示范基地，油茶林长势良好，逐步进入投资回报期，经济效益和社会效益开始凸显。

……

三、言传身教，圆桃李纷飞之梦

基地有了，怎样依托基地创造更大的经济效益？经过专家们的分析论证和深入细致的市场调查，2007年，李运其成立了湖南农其农林科技发展股份有限公司，开始着手实施油茶深加工项目。但油茶深加工对于长期以来从事基地开发的他来说，是一个全新的领域，要想在竞争激烈的植物油市场打开一片天地，谈何容易。他先后与湖南理工大学、湖南科技学院等科研院所联系，最后引进了湖南科技学院研发的物理方法精炼工艺，用这套工艺加工的精制茶油，真正成为无污染绿色保健食品，成功通过美国食品与药品检验局的检测，并打入了美国市场。随后，他远赴河南订购了三条全自动精炼茶籽油生产线设备。厂房建成后，开始进行设备安装调试。他又拿出了当初发展基地时的劲头，跟在专家身边认真钻研起精炼茶籽油生产加工技术，从压榨、过滤、碱炼、加温、脱水、脱色、脱臭，到冷却、装瓶、检验、入库。短短半年时间，他变成了精炼茶籽油加工生产的技术专家。为了让工厂尽快实现规模生产，他从当地招收部分文化基础好、肯学肯干的年轻人到公司，进行技术培训。2008年11月，公司正式投产，生产的"天子山"牌精炼茶籽油经质量技术监督部门和卫生监督部门检测，达到了国家一级油标准，填补了湘潭市"精炼茶油"的空白。为推进职工科技创新工作，在全省第一期"名师带高徒"

活动中，他作为企业负责人和技术带头人，制订了活动实施方案，同时到一线悉心指导技术人员进行技术改造和技术创新。他所带的 15 名技术人员技术能力得到较大提升，其中，3 人获得人事部门认定的高级技术职称、12 人获得中级技术职称，他们的技术改造和创新直接为公司创造效益在 100 万元以上，活动取得圆满成功，得到了社会各界的一致好评。

油茶飘香（节选）

◎ 胡小平

自从知道油茶是"神奇的东方树"，茶油是"东方的橄榄油"，了解到油茶不仅是经济林木，也对生态具有保护和改善作用，茶油不仅是高级食用油料，也关系到国家的粮油战略安全之后，就满脑子是油茶和茶油，是与油茶和茶油有关的人和事了。

几回梦里都催促着自己，走吧，快走吧！快走进油茶林里，去领略油茶的风采，品读油茶的神韵，去与油茶对话，与油茶谈心，去寻找那些与油茶和茶油有关的人，走进他们的生活，走进他们的内心世界，听他们说与油茶和茶油有关的动人故事吧！

一

那天早上 7 点，我又步行在长沙的主干道芙蓉路上，一看到绿化带上那苍翠的山茶，自然地想起了油茶，便又打了金洁的电话，问哪天可以去采访湖南农其农林科技发展股份有限公司（简称农其公司）的李运其总经理，越早越好。下午，金洁回电话过来，说他跟李运其沟通好了，就大后天去。一看大后天是2021年7月1日，我欢喜地说好，这日子好，就大后天了。金洁是中国银行湘潭市易俗河支行的副行长，分管公司业务。

在湘潭县射埠镇月塘村的油茶林里一见面，李运其就说那天他也没算日子，就想着到今天才有时间陪我看一看，陪我聊一聊，没想到今天还是这么一个特殊的日子。金洁说今天这日子好，意义非同一般。我说是啊，就让我们在这油茶的海洋里，看着油茶的绿，闻着油茶的香，说着油茶的事，一起来庆祝党的百年华诞。

李运其左手攀着油茶的树枝，右手指着枝条上青里透红的果子，说油茶又叫茶子树、茶油树、白花茶等，因其果子可榨油而得名，与油棕、油橄榄、椰子并称世界四大木本油料植物，与核桃、油桐、乌桕并称我国四大木本油料植物。

我国是油茶的原产地，已有2300多年的种植历史。世界上除日本和东南亚少数国家有零星分布外，油茶只有中国大面积种植。

油茶四季常绿，在土壤、气候适宜的条件下，一般栽种后5年左右能开花结果，7年左右进入盛果期，可连续挂果七八十年。在气温、阳光、雨水等条件都优越的地方，有的油茶树几百年甚至上千年依然生命力旺盛。浙江省常山县一棵清末的"油茶大王"现在还能年产茶籽200公斤左右，最高时达250多公斤。而湖南省常德的那棵"千年油茶王"，树高达6.6米，树围1.8米，占地80多平方米，至今仍枝繁叶茂。因此，油茶也就成了长寿树，又是"一次种植，百年受益"。

油茶从孕育到开花，到结果，到成熟，沐浴了秋、冬、春、夏、秋五季的阳光雨露，不断吸纳日月精华和天地灵气，是所有油料作物中承受大自然恩宠时间最长的，其营养成分自然不同凡响。更为奇特的是，油茶树开花之时便是果实成熟之日，花果并存，同株并茂，堪称自然界一大奇观，又在少花的冬季为蜜蜂提供了优良的蜜粉源，更是难得。

茶油俗称茶籽油，又叫长寿油、液体黄金等，不含芥酸、胆固醇、黄曲霉素等对人体有害物质，是中国政府提倡推广的纯天然木本食用植物油，也是国际粮农组织首推的卫生保健植物食用油。

茶油与橄榄油并称为世界两大木本食用油，自古有"东方橄榄油"之称。茶油的不饱和脂肪酸含量高达85%—97%，为各种食用油之冠。茶油还含有橄榄油所没有的特定生理活性物质茶多酚和山茶甙，能有效改善心脑血管疾病、降低胆固醇和空腹血糖、抑止甘油三脂的升高，对抑制癌细胞也有明显的功效。明代徐光启的《农政全书》中记载："茶油可疗痔疮、退湿热。"清代赵学敏的《本草纲目拾遗》中说："茶油可润肠、清胃、解毒、杀菌。"清代王世雄的《随息居饮食谱》中写道："茶油可润燥、清热、息风和利头目……烹调肴馔，日用皆宜，蒸熟食之，泽发生光、诸油唯此最为轻清，故诸病不忌。"

油茶浑身都是宝，除茶籽能加工出独特的纯天然高级油料外，叶子能净化空气，绿化环境；花可供观赏，也是花蜜蜜源；根能保持水土，涵养水源；茎木质细密坚硬，可制作耐用器具；茶壳可以提制栲胶、糠醛、木糖醇等，也是一种良好的食用菌培养基；茶籽粕中含有的茶皂素、茶籽多糖、茶籽蛋白等，都是化工、轻工、食品、饲料工业产品等的原料，用作农药和肥料，既可提高农田蓄水能力，也能防治稻田害虫。此外，《本草纲目》中记载："茶籽，苦寒香毒，主治喘急咳嗽，去疾垢。"在瑶药中，油茶根可用于治疗牙痛、腰痛，叶可治皮肤溃烂瘙痒经久不愈等；在土家药中，油茶种子可治便秘、气滞，及癣、癞等。可见，油茶具有较高的综合利用价值。

同时，油茶不仅四季常绿，根系发达，具有绿化美化、保持水土、涵养水源、调节气候等功能，还是一个抗污染能力较强的树种，对二氧化硫有较强的抗性，抗氟和吸氯能力都很强，具有净化空气、保护环境、改善生态的作用。

......

油茶不仅是我国解决粮油危机的战略性绿色产业，更是湖南省区域性优势产业和地方特色产业，是全省重点培育的三大农业公共品牌之一。多年来，特别是近年来，湖南的油茶更是得到了较快发展，种植面积、产量、产值均居全国首位，"世界油茶看中国，中国油茶看湖南"的格局进一步得到加强。

听李运其对油茶绘声绘色一描述，对茶油娓娓道来一讲解，我又多了不少对油茶和茶油的认知和了解，但此刻我急于想知晓的是李运其是怎么选择了油茶？又经历了怎样的探索和曲折？

......

四

2010 年 8 月下旬的一天中午，谢自然捧着碗往地上一砸，指着李运其，说他如果真要那样，那就他去种他的油茶，她去开她的小超市，各不相干好了。她手一甩，气冲冲地去了卧室，"嘣"地将门关了，震得窗户"嘭嘭"地响。

那碗碎成了好几片。一片飞到李运其的小腿上，划了一个小口子。李运其边清扫碗片，边想着谢自然怎么发这么大的脾气，这可是从来没有过的。

过了一会，谢自然抹着泪走出来，说明天把银行的钱都取出来，平分了，他的他拿去干什么，她懒得管，随他得了。李运其欲言又止，心想还是让她先发泄完了再说不迟。

窗外树上知了"热死了、热死了"地嘶叫着。

李运其望一眼窗外，倒来一杯茶，见谢自然不接，便放到桌上，搬了椅子，在她对面坐下，伸出腿，有意让她看到脚上渗出来的血珠。

血珠滴在地上，滴出一朵小花，也滴在谢自然的心上，滴得她心一软，去拿来了纸巾和创可贴，边往李运其怀里一扔，边没好气地问怎么弄的。李运其嘿嘿一笑，边用纸巾擦拭着血边说没什么，就给碗咬了一下。

谢自然盯着李运其，问是不是油茶种植还要翻一番，要种到四千亩。李运其说没错，那这还只是中期规划，远期是要在 2020 年以前，将油茶种植面积增加到八千亩，甚至上万亩，不仅自己要扩大种植，还要带动更多的乡亲们种，不仅要扩大油茶种植，还要建茶油精加工生产线，创建自己的知名茶油品牌。谢自然一笑，说他这是不自量力，别眼睛大，肚子小，当心吃多了不消化，撑破了肚皮。李运其呵呵一笑，说他牙齿硬，肠胃好，吃得下，消化得了，又说不管干什么，就得有目标，有梦想。

一阵沉默。

不管你是种四千亩还是八千亩，我只问你，油茶是不是要五六年才挂果，是不是要七八年才进入盛果期？那是不是这五六年甚至七八年就只有投入，没有产出？是不是种得越多，投入的资金就越多？是不是种得越多风险就越大，亏损就可能越多？是不是种得越多管理的难度就越大，是不是会管不过来，管不到位？你又仔细算过了没有，种四千亩八千亩各要多少钱，让这四千亩八千亩长大长好，那又要多少钱？这些钱你准备好了没有，是在哪家银行存着，还是不知道在哪里？还有，你种那么多，真要是亏了，乡亲们拿不到工钱，得不到实惠，大家会怎么看你，你这支书还有脸当下去？谢自然连珠炮似的问着李运其。

油茶是前期投入多，培育时间长，但采摘年限更长，后期收入更多；是种得越多，可能的亏损越大，但就得上规模，有规模才有效益，何况种四千亩也好，种八千亩也好，那都是傅站长他们论证过了的，就得种这个量才产生相应的规模效应，才能带动乡亲们跟着种，让乡亲们增加收入；至于管理，那可以学习，可以摸索，何况现在已有了那近百亩板栗和那八百亩油茶的种植经验，又有傅站长他们的技术指导，应该没问题；自己手头上是没那么多存款，但板栗已陆续进入了盛果期，再过两年头一批油茶也有了产出，资金就不会那么紧了，还有，当种植上了规模，公司能让人看到前景，那也许就会有人来谈合作，到银行去申请贷款也许就不会拒之门外了；正因为自己是支书，就更要把规模做上去，只有规模上去了，才能让乡亲们得到更多的实惠，万一亏了，那只能亏自己，乡亲们该得的一分也不能少，这是作为一个党员和村支书的责任和担当。还是那句话，困难难免会有，但办法总比困难多。李运其微笑着看着谢自然。

谢自然低头想了想，抬头看着李运其，说那好吧，反正家里的大事都是他做主，这事既然他已经拿定了主意，那她就不多说儿。李运其搂着谢自然就"吱"地亲了一口，亲得谢自然一脸通红。

2011年，李运其兴建了一条生产线，实现了茶油的深加工和精加工，创立了自己的茶油品牌——天子山。2012年12月，天子山茶油被湖南省林业产业协会授予"湖南省十大茶油推荐品牌"。

看着金黄的茶油从生产线上流下来，谢自然说她是又高兴又担心，李运其说他是更有信心和决心了，仿佛看到了那漫山遍野的一眼望不到边的油茶林，仿佛看到了那大大小小的一树树的累累果实，仿佛看到了乡亲们这家一篓那家一担的油茶籽送进了公司……

李运其正说着，小张风风火火地跑进车间，拉着李运其就跑，说周大兴在工地上闹事，还要打那挖掘机司机。

见周大兴将司机从挖掘机上往下拖，挥拳就要打，李运其忙冲过去，抓住周大兴的手，说有什么好商量，千万别冲动。周大兴甩脱李运其的手，指着司机，说要他别挖了，他偏要挖，还开着车子往他身上撞。小张指着周大兴，要他摸着良心说话，到底是人家躲着他，怕撞着他，还是他自己先坐在地上不动，后来又追着车子跑，故意往车子上撞。周大兴瞪一眼小张，要他少管闲事，伸手又要打那司机。小张忙张开双臂，挡在周大兴跟前，说人家是给李支书干活，如果打人家那就是打李支书。周大兴一哼，一把推开小张，朝李运其胸一挺，说谁要用支书来压他，那他还真就打了。见李运其要说话，小张忙说他是说错了，司机看上去是在给支书家干活，其实是在给村上干活，是在给村上家家户户干活，因为这在修的路不只是通往茶山，也方便了村上的每个人，是一条连心路，致富路。

周大兴瞪一眼小张，瞟一眼李运其，说他这地和山不流转了。小张走到周大兴跟前，说那不行，你合同都签了，钱也收了，要是这地和山不流转了，那就是违约，你就不怕要退回钱，还要付违约金？还有，如果你这地和山不流转了，那这路就得绕，增加成本不说，还多占用了田地，耽误了修路的时间，怎么都不合算，你就不怕村上的老老少少一个个戳你的脊梁，骂你的祖宗？周大兴愣了愣，偏着头一想，看着李运其，指着脚下，说只要把这挖烂了地恢复了原样，他钱可以退，违约金也可以付，一分不少。

李运其哈哈一笑，手一挥，说走，周大兴这地和山公司不要了，但这路不会停，绕道就绕道。他这一说，小张急了，忙挡在李运其跟前，说不行，不能这样。周大兴一时傻了眼，不知所措地站在那里。

这时，吴八桂扛着锄头走了过来，跟李运其打了招呼，四下看了看，走到周大兴跟前，嘿嘿一笑，说他看出周大兴的心思来了，是想用这地和山敲李运其一杠子。周大兴脸一红，要他别乱说。吴八桂哈哈大笑，指着周大兴，说他挠到周大兴的痒处了，戳到他的痛处了。周大兴脸红了白，白了红。吴八桂放下锄头，朝脚下呸了一口，也不看着周大兴，只说有的人还耻笑过他，笑他怎么好吃懒做，爱占便宜，蛮不讲理，没想到如今有的人比他还好笑得多，真是令人作呕。

李运其微笑着走到周大兴跟前，拍了拍他的肩膀，说周大兴一贯的为人他知道，是讲信用的，也是讲感情的，还是讲道理的，不想把地和山流转给公司了，应该不是他的本意。周大兴挠挠头，讪讪一笑，说没别的，是有人跟他说，这地和山是通往油茶林的必经之地，流转得便宜了，得让李运其补钱，不补就不流转了。吴八桂哈哈大笑，笑过了，指着周大兴的鼻子，说果然给他说中了，就是想敲李运其的竹杠。小张指着周大兴，说他这就不地道了，他这地和山的位置是好，可公司也是给足了他流转费的，不能这样，再说公司也不是那么好敲竹杠的，这下好了，你不流转了，公司还不要了呢。吴八桂指了指周大兴，摇摇头，一声叹息，说他怎么就这么没脑筋，容易让人挑唆，上人家的当，给人做枪使，又怎么能这么小心眼，就只想着钱，被钱蒙了眼睛，迷了心窍。

周大兴一脸羞愧，指着吴八桂，一跺脚，要他别说了。吴八桂嘻嘻一笑，说要他不说可以，但他不能这样钱迷心窍，坏了村上大伙的好事。周大兴咽咽口水，一把推开吴八桂，走到那司机跟前，说你挖，你挖吧！

李运其拉着周大兴的手，说谢谢他，又说前几天他路过周大兴家，还特意去看了他家屋后栽的那些油茶苗子，有几棵长得不太好，下个月公司的苗子来了，他来挑几棵回去补上。周大兴含着泪，点着头。

车子刚拐过山嘴，我一眼看到了从油茶林里走出来的吴八桂。李运其朝扛着锄头的吴八桂扬扬手，指了指远远近近的山头，说吴八桂这些年跟着他，已是今非昔比，判若两人，如今和另外几个人就负责这八千多亩油茶的日常管理，到了锄草、追肥、剪枝、摘果的时候，再临时请人帮工，多的时候一天有上百人在山上干活。吴八桂朝我们挥挥手，进了路对面的油茶林。李运其说这些年来，吴八桂每年能在公司拿到好几万元的工资，他自家栽种的几十株油茶今年也挂果了，他前年成了家，去年又添了儿子，成天乐呵呵的。

看着路边一闪而过的油茶，李运其说开始还真没想到，他会种上油茶，而且一种就是这么多，连绵十几里，占地好几个村。我说他这是凭着一种理想和信念，也是凭着一种责任和担当，才那么执着进取，那么一往无前。他谦逊地笑了笑，说2018年他主动从村支书的岗位上退了下来，一心一意来打理这油茶，因为油茶是乡亲们最关注和关心的。

五

2021年9月18日上午，我刚将车在农其公司的院内停稳，李运其就边接电话边朝我扬着手，从车间门口小跑了过来。我下了车，将手伸向他。他跟电话那头说了再见，看一下自己油乎乎的手，嘿嘿笑着要往身上擦。我一把抓住他的手，说别擦，留着！他哈哈一笑，将手机往裤兜里一塞，边拉着我往车间走，边要我猜他刚才电话里跟人说的什么。我说准跟油茶或是茶油有关。他说没错，是湘西那边又有一个油茶种植大户要将油茶籽卖给他，不要他去收，到时候自己送过来。我说这是好事，人家都找上门来了。他轻轻一声叹息，说好是好，只是到时候要采摘自家的油茶果，又要收购乡亲们的油茶籽，前几天还跟贵州那边签订了一个收购合同，就怕忙不过来，更怕没那么多钱来付，那钱可是谁的都拖欠不得的，也不能压了别人的价。我朝他点点头，说好样的，这才是有良心的企业家！

进了车间，李运其边指点着边说这几天在加班加点生产，得把库存的茶籽尽快加工完，好给新茶籽收购腾出地方来。

谢自然放下笔，指了指摆在桌上的花名册，说在给大家算工资呢，有一百多个人，过两天就是中秋节了。按照当地习俗，公司把端午、中秋、春节这三个传统佳节作为发放工资的日子。谢自然起身捶了捶腰，说随着公司栽种的油茶越来越多，茶油的产量不断增加，她也越来越忙，越来越累，一天从早到晚就没停歇过，有时就感到力不从心，想甩手不干了，但每每一想到能给乡亲们带来点什么，特别是一到给乡亲们发工资的时候，看到那一张张的笑脸，就觉得再累也值得，又浑身是劲儿了。我朝她竖了竖大拇指，说李运其的事业能有今天这个样，都有她的功劳和苦功。她开心一笑，说那是的。

离厨房老远就闻到了特有的香味。金洁边走边说是谁在用茶油炒土鸡。一提到茶油，李运其来了神，说相传尧帝积劳成疾，生命垂危，在这危急关头，彭祖下厨做了一道野鸡汤，尧帝第二天便容光焕发了。此后尧帝每天都喝这鸡汤，虽然日理万机，却百病不生。这秘诀在哪儿？就在《彭祖养道》上记载的"帝食，天养员木果籽"。这果籽是什么？就是油茶。相传朱元璋与陈友谅争夺天下时，有一次朱元璋被陈友谅紧追不放。朱元璋躲到一片油茶林里，正在采摘茶籽的老农急中生智，把朱元璋装扮成采摘茶籽的农夫，让他逃过了一劫，又给他受伤的地方都搽上茶油，没几天后，朱元璋身上的伤口就消肿了，愈合了。后来元璋得了天下，茶油也成了"皇封御膳"用油。

在餐桌前坐下，李运其朝我亮了亮胳膊，再拍了拍自己的胸脯，说他眼看就是六十的人了，每天从早忙到晚，不知疲倦，仿佛有用不完的力气，又无病无灾，一年到头感冒都没有几回，是不是也跟吃茶油有关？

那当然了。谢自然说着走了进来，在椅子上一坐，看着我和金洁，说你们知道不，韶山冲的乡亲们去看毛主席他老人家，带的就是辣椒、腊肉和茶油这三宝呢。

李运其边接过师傅端过来的茶油炒土鸡，边说乾隆皇帝曾在千叟宴上亲自为一位来自衡山的长寿老人（141岁）斟酒，并问老人长寿的秘诀，老人说没别的，就"一辈子吃茶油，百病不生"，于是乾隆为老人题对"花甲重开，茶乡添三七岁月；古稀双庆，寿岳增一度春秋"。南岳古镇界牌有两大宝物，一是瓷器；二是茶油。慈禧太后每日必用茶油滋发润颜，而她入朝六十年的后宫茶油全由界牌专采专制和专送，当地族谱上就有这样的诗句"花开美人面，油润后宫颜，驿马三千里，青丝六十年"。这真是：

油茶，好一个神奇的油茶！

茶油，好一个神奇的茶油！

淋浴着夕阳，李运其站在院子中央，指着墙角的棚子，说他想在那里建一个传统的榨油坊。我微笑着看着他。他说村上离长沙和湘潭、株洲都不太远，一路过来有成片的荷花，有成垄的大棚蔬菜，有上规模的花卉苗圃，那都是风景。我说他那连绵不断的油茶林，更是一道独特的好风景。金洁说还有那茶油炒土鸡，也是一绝。我说那是的，如果再将传统的榨油坊建起来，那村上就有好看的，有好玩的，有好吃的，那乡村旅游就带动起来了。李运其嘿嘿笑了笑，说我跟他想到一块儿去了，真好。我说他不只是一个实干家，还是一个思想家呢。他愣了愣，哈哈大笑。

李运其还是一头西式发，还是那身黑衣服。金洁指了指李运其一边倒的西式头发，说也该剪一下了。李运其摸一下头，嘻嘻一笑，说好，忙过这几天就去剪。金洁打量着李运其，说他是老板，是企业家，还是得注意形象。李运其看看我，看看自己，脚一并，腰一挺，头一甩，说怎么样，这形象还可以吧？我说这形象好是好，如果将头发修剪一下，再换一身亮色的衣服，那就更精神，更帅气了。李运其脸一红，俏皮一笑，摆了一个姿势，却一趔趄，差点摔倒，逗得走过来的谢自然喷笑而出。没想到李运其还有这样的时刻和模样，真是可敬又可爱。

我又一次走进了农其公司的荣誉室，看着那满墙的授给李运其和公司的"湖南省劳动模范""湖南省十佳造林模范""湖南省现代林业特色产业园""湖南省林业产业龙头企业""湖南省十大茶油推荐品牌"等各种各样的牌子，我蓦然想到，正是有了许多像李运其这样致力于油茶产业的人，才有了"世界油茶看中国，中国油茶看湖南"的格局，正是有了他们的打拼和奉献，才有了油茶香遍三湘，茶油香飘五洲！

爱因你而美丽（节选）

——李桃辉先进事迹简介

李桃辉，女，中共党员，中国银行益阳分行普通员工，南海舰队退伍军人。她以女性特有的善良、温柔和细致，把社会公益和本职工作都干得那么出色，演绎着现代女性的风采，实现了自己的人生价值。

一、点燃激情，在工作中"不让须眉"

1991年，李桃辉退伍后，来到中国银行益阳分行工作。工作上，勤勤恳恳兢兢业业，是典型的工作狂和热心女人。在分行金库工作期间，作为唯一的一名女同志，李桃辉从来不以此为由而偷懒，到人民银行出库，上解按正常排班，搬运纸、硬币与男同事不相上下，赢得了同事和人民银行领导的好评。从事全辖离行式 ATM 管理维护期间，一年三百六十五天除参加义工活动外，从未休息过，耐心解答客户的难题、疑问，所管辖的 ATM 机没遭到过客户一起投诉。坚持每天对各离行式，依附式 ATM 机进行巡视、检查，对周边客户进行调研，调查机器使用情况，确保了全辖 ATM 正常运营，赢得了网点和广大客户的赞誉。

二、甘于奉献，在岗位上成就自己

在担任所主任期间，她坚持以身作则，带头揽存揽户，狠抓优质服务，几乎每天所有精力到扑到了工作上。当年超额完成全年任务，并被评为市分行先进工作单位。在营业部从事出纳、储蓄业务期间，凭着自己热情、肯干、耐得烦、霸得蛮的干劲，深得储户的好评。除认真做好本职工作外，利用业余时间，发动亲戚朋友来中行存款，被市分行评为揽储明星。2016 年 6 月从营业部调到个人金融部，从事个贷档案管理，还兼管对计财、风险、公司、省分行条线报表的报送、涉及资产业务的柜员管理、党建工作、考勤等综合事务。她克服工作繁杂、任务重、时间紧的困难，毫无怨言、全身心地投入到工作中。在省分行的个贷档案检查中，因为从事过文书档案工作，她对个贷档案很快就上手了，在省分行个贷档案的各项检查中，给予了充分肯定。在 7 月至 9 月全辖十八个网点上门辅导二级档案的规范和一级押品的及时上缴工作中，她放弃星期六、日的休息时间带上儿子到办公室加班，对每个网点上交的二级档案和一级押品进行及时造册归档。对于四十六岁的李桃辉来说，报表是她到个金部难度比较大的一项工作。为了不拖益阳分行整体报表报送的后腿，每个月初前三天，基本只有吃饭离开座位。三个月时间共上收二级档案 1000 多册，一级押品及补充押品 700 多户，解决了历年遗留下来的问题。

……

2003 年，李桃辉荣获共青团益阳市委"百优十杰青年"称号；2014 年，被共青团湖南省委评为"向上向善好青年"；2017 年，被湖南省金融工会评为"职工职业道德建设标兵"；2018 年，被中国银行总行授予首届中银卓越奖；2019 年，被益阳市政府评为"模范退伍军人"。

爱的奉献（节选）

◎ 胡小平

我是幸福的，因为我爱，因为我有爱。

——白朗宁

在资江岸边、洞庭湖畔的益阳市，现在已注册的义工达 9 万多人。那些穿着红马甲，服务在大街小巷、乡镇山村的义工，早已成了一道亮丽的风景。而在这庞大的义工群体中，有一颗耀眼的明星，她就是益阳市"优秀青年服务标兵""向上向善湖南好青年""湖南省金融职业道德建设标兵""益阳市道德模范"、益阳市首届"模范退役军人"、中国银行"中银卓越奖"获得者李桃辉。

李桃辉，一个曾经的普通的海军战士，一个如今的平凡的银行职员，好事一做就是 30 多年，已不知做了多少，还将做下去。有人说她就是爱的化身，就是活着的雷锋。

"就是不想你走"

月色溶溶，星光闪烁；椰风习习，波光粼粼。

"军港的夜啊静悄悄，海浪把战舰轻轻地摇，年轻的水兵头枕着波涛，睡梦中露出甜美的微笑，海风你轻轻地吹，海浪你轻轻地摇……"

再过两天，李桃辉就要离开这熟悉的军营，离开那可爱的战友了。对军营，她是多么地留恋，对战友，她是多么地难舍啊！

此刻，她坐在长椅上，望着远处朦胧的战舰，听着营房飘过来的《军港之夜》的歌声，回想着在军营的日子，与战友相处的情谊，不禁心潮起伏，浮想联翩……

"李桃辉，加油，加油！"一个战士边喊边跺着脚。

"好，坚持，再坚持一会儿，坚持就是胜利！"另一个战士攥着拳头，打着节拍。

"李桃辉，你要实在不行了就快放下吧，别压坏了身子。"一脸担心的班长说着就要上前帮忙。李桃辉边移动脚步边摆了摆手。

"只有三米远了……还有三步……好，到了！"

随着一声欢呼，李桃辉站稳脚，提提气，再肩一抖，"嘭"的一声，一麻袋 160 斤重的大米从李桃辉的肩头砸到了案板上。

她拍了拍手上的灰，抹了一把脸上的汗水，笑嘻嘻地看着班长，说没丢脸吧。班长朝她竖了竖大拇指，说她才一米六的个子，又那么苗条，却是有这般韧劲和力量，真是巾帼不让须眉。

1987年，还在读高中的李桃辉走进了向往已久的军营，来到了南海舰队司令部。由于她在新兵训练中表现出色，刚完成新兵训练就被首长点名去训练别人去了。

两个月后，她请战去了炊事班。在炊事班的三个月里，她不仅饭菜做得喷喷香，官兵们吃得开心放心，还厨房内外打扫干干净净，弄得整整齐齐，以致当首长要她去通信连时，炊事班的战友和连队的战士都舍不得她走。

李桃辉刚要起身，一只手轻轻搭在了她的肩上。她抬头一看，是林小梅。林小梅挨着她坐下，说真不想她走。她拉着林小梅的手，说她压根就不想脱下军装，可铁打的营盘流水的兵，再说军人的天职就是服从，不想脱也得脱。林小梅眼睛潮了，依偎在她的胸前，仿佛是孩子依偎在母亲的怀里，嘴里喃喃自语着。她望着营房，轻轻拍着林小梅的肩膀。

"可是，班长，我就是不想你走。"林小梅坐起来，抹了抹眼睛，抓着李桃辉的手，"你走了，就没有谁会对我这么好了。"

"不会的，你还有那么多的战友。"李桃辉拍拍林小梅的手，"她们都是你的好姐妹，都会关心你，照顾你的。"

林小梅父母都去世早，只有一个哥哥，也在部队上。去年新兵训练后，她成了李桃辉班上的战士。见她年纪小、个子小，又没什么亲人，李桃辉就除了在工作上、学习上帮助她、关照她以外，在生活上更是像一个姐姐、像一个母亲一样关怀她、照顾她。

三个月前的一个晚上，林小梅患了急性阑尾炎。李桃辉背着她就往医院跑。她做手术的时候，李桃辉一直守在手术室门外，之后两天又一直陪伴着她，给她煲汤熬粥，端水喂饭，又给她买来滋补品，让她好好休息，感动得她好几次热泪盈眶，暗暗地把李桃辉对她的好记在心里，想着今后再去报答。

两天后，李桃辉离开战斗了四年的军营。林小梅泪眼模糊地望着远去的车子，心想李桃辉带走的只是几件替换的衣服，把别的都送给了林小梅和战友，而留下的却是数不清的好人好事，真是军营里的活雷锋啊！

每每说起在部队的日子，李桃辉总是一往情深，谈起自己曾是一名军人，李桃辉总是满眼的骄傲和自豪。她说是部队这个大熔炉锤炼了她，给了她许多许多，是自己最宝贵的人生经历，如果祖国需要，她随时愿意重返军营。

上高中的时候，对军营我也是心驰神往，好几回梦见自己穿上了绿军装，戴上了大红花，挂上了军功章……但我终究没有李桃辉那样幸运。

如果要问，一个人没有当兵的经历，那算不算人生的残缺？我说那是的。

……

"我得去那里了"

早上一醒来，李桃辉的丈夫潘正杰就跟她商量，说今天是星期六，也是她的生日，几个亲戚昨天就跟他约好了，上午都会赶过来，希望她今天就在家里，哪里也别去。她笑了笑，说看看再说吧。

不到十点，亲戚就陆续到齐了。大伙说说笑笑，忙这忙那。李桃辉更没有闲着，不停地打电话，接电话，看微信，发微信，一时调遣人员，安排义工这个去城东，那个去河西，一时跟人商讨事情有什么困难，怎么解决。有亲戚开玩笑说，这桃子啊，看这样子比总理还没忙哦。

忙碌了小半天，饭菜都弄好了，人也都上了桌。可大伙酒杯刚端到手上，李桃辉却杯子一搁说，我得去那里了。她妈忙一把抓住她的手，说今天是你的生日，怎么也得吃了饭再走的，何况还有这么多亲戚在这里。她满怀歉意地朝大家笑了笑，端起碗，埋头飞快地往嘴里扒着饭。大家都愣愣地看着她。她几口扒完了饭，嘴一抹就要走。她妈还是抓着她的手，不让她走。她急了，说十二点半必须赶到集合地点，还要准备物资，培训人员，两点以前必须赶到邓石桥敬老院，如果还不走，那就真的来不及了。她妈却不肯松手。她只好朝潘正杰使着眼色。潘正杰轻轻叹了一口气，要他妈放手，别耽误了她的正事，又朝亲戚们拱拱手，说桃子先去一下，中午他陪大家喝酒，桃子晚上再敬大家。李桃辉感激地看了他一眼，拔腿就跑。他追上去，将一把伞塞到李桃辉的手上。

李桃辉一路连走带跑地到了集合地点，一看时间，还提前到了两分钟。先到了的王文和小娟都问她怎么一脸雨水。了解她的王文说准是她把伞给了别人，宁愿自己淋着。小娟看着李桃辉，说她腰都还没好，又淋了雨，就别去了。李桃辉摆摆手，说没事，去。前几天搬运爱心物资，李桃辉扭了腰。她既是益阳公益组织的管理者，又是一名普通的义工。

坐在台阶上藤椅里的向奶奶眼尖，一见车子开了过来，就边拍着椅子边大声喊着桃子他们来了。听到向奶奶这一喊，在里边在打牌、聊天、看报的老人们一下都涌了出来，敬老院一下又沸腾了。

2012 年的 5 月，李桃辉跟这里的老人们约好，每月第二周的周六下午两点，她和伙伴们会准时过来，把带来的吃的、穿的，以及日常生活用品分发到老人手上，然后打扫卫生，给他们洗头、洗被子，陪他们聊天、下棋，再将带来的菜加工成"爱心私房菜"，让他们美美地吃上一顿可口的晚餐。这怎能不让老人们期待呢？而这样期待着李桃辉他们的，在益阳城区还有香铺仑敬老院和左家仑敬老院的老人们。

王文和小娟都是李桃辉的同事。小娟这是第一次来敬老院，开始不知道从哪里下手，就在旁边学着，很快就试着打起了下手，帮着李桃辉给老人们捶背、捏腿、洗澡，跟着李桃辉忙前忙后，忙这忙那，尽管累得一头汗水，腰酸脚麻，却深有感慨地说："今天我是不虚此行，跟着桃子姐学到了许多东西，知道真正的义工以后该怎么做了。"

李桃辉给向奶奶修剪好了头发，又给她拿来衣服换上。向奶奶走到镜子跟前一照，一连打了几个哈哈，笑过之后，一抹眼角的泪花，拉着李桃辉的手，悄悄地在她耳边说了一句。李桃辉又惊又喜，问她怎么知道的。她说上回看了李桃辉的身份证，就记着了。

"爱心私房菜"一一端上了桌。老人们围坐在桌前，开开心心地吃着，喝着。向奶奶站了起来，问大家知不知道今天是个什么日子。万大爷喝了一口酒，一抹嘴说，今天是个好日子呗。向奶奶说，不错，今天是个好日子，是我们桃子的生日。

小娟带头唱起了生日歌，老人都跟着唱的唱，哼的哼。欢乐在院子内外流淌，升腾。李桃辉挂着泪花，给老人们鞠躬致谢。

……

"她就是爱的化身"

"她干吗去了？怎么还不来？"康卫东（化名）踱了两圈，看一眼窗外西斜的太阳，大步走到财务部长跟前，"你这样吧，再等五分钟，李桃辉要还是没来，你就通知另一家银行的人来把钱收走，别误了付款的大事。"

"再等十分钟吧。"财务部长看一眼康卫东，"她平时从不迟到的，准是有特殊情况。"

康卫东是一家建筑公司的老板，工地上急需进一批钢材，等着李桃辉来把今天收到的现金拿走，连同账上的钱一起付了过去，那边才好发货。

康卫东跟财务部长说话的时候，李桃辉正问司机能不能再快一点儿，已经迟到了。刚才在一个十字路口，一辆摩托将一个行人撞倒跑了。李桃辉忙叫司机停车，将那行人送到附近的医院，又联系上了行人的家属。

财务部长刚刚放下电话，李桃辉冲了进来，倚着桌子，捂着肚子，大口地喘气。财务部长连忙抓起电话，要那边别过来了。

"如果没有李桃辉，我也许今天还不知道公益事业是那么美好，那么宽广，更体验不到帮助他人是那么富有意义，也有益于自身。"康卫东微笑着，眼里闪着智者的光芒，"我的公司每年都按比例拿出一些钱来用于资助孤寡老人、贫困学子等，虽然减少了公司的利润，但它的社会价值远远大于留在公司，值得！"

"桃子姐就是爱的化身，在她的身上，有一个磁场，有一种光芒，总是吸引着我，照耀着我。在她的身上，总是有一种巨大的能量，感动着我，感染着我，感召着我。她领着义工队伍走在前头，你会不由自主地跟了上去，生怕落后，生怕掉队。"康卫东常常这样动情地跟人说着李桃辉。

"我知道，我只有一双手，也只是一个普通的银行职员，靠我一个人的力量是非常有限的，只有让更多的人加入义工队伍中来，让更多的人热心公益，去帮助别人，爱的力量才会变得无比强大，爱的光辉才会照耀得更加宽广，爱的传递才会更加深远。"李桃辉是这么说的，也是这么想的，更是这么做的。

是啊，爱心爱心，首先要有心，有了心才会有思想，有谋划，有方法，有办法。可是，这光有心还不够，还得有力，这力是人力、物力、财力，如果人心和人力、物力、财力都有了，又很好地融合在一起，有越来越多的人和越来越多的企业加入公益的行列，那爱的链条就会越拉越长，爱的雪球就会越滚越大，爱就会无边无际、无穷无尽……

"我会做到那一天"

近年来，为了将公益更好地向社会的广度和深度推进，李桃辉一直在思考，在学习，在探索，在实践。她考上了高级心理咨询师，正在考健康管理师，不断创新开展公益的形式和方式，如利用网络平台帮助贫困户销售农产品、走进社区乡村普及垃圾分类和处理、开展资江和洞庭湖环境保护、将国家级非遗益阳小郁竹业引进特殊教育学校、送文化送健康到社区到村镇等等。

"我是唱着《学习雷锋好榜样》的歌，听着雷锋的故事长大的。"说起雷锋，李桃辉崇敬之情溢于言表，"直到今天，雷锋仍然是我学习的好榜样，是我精神上的偶像。小时候，母亲曾对我说，一个人做一件两件好事，那并不难，难的是要像雷锋那样，一辈子做好事。这话我一直牢记在心，不敢忘记，也不会忘记。在部队，我立志要做一个雷锋一样的好战士。退伍后，我进了中国银行益阳分行，先后在多个部门、多个岗位干过。从进入中国银行的那一天起，我就被这家百年老行的那种爱国、爱行、爱岗的文化熏陶着、浸润着。其实，做公益、做义工，都不仅不会影响工作，反而让我工作从中受益，因为做义工会拓宽人脉，会结识不少的朋友。"

"没错，做公益是要花费不少的时间和精力，但时间是有长度的，同样一个小时，在有的人手上可能只有四十分钟，而在我的手上就要抵八十分钟了。时间也是有宽度的，在有的人手上会越拉越宽，而在有的人手上，会越缩越窄。时间还是有厚度的，在有的人手上像一本厚厚的书，而在有的人手上，又薄如一张纸。这关键就看你怎么去合理安排时间，怎么去提高时间的质效。"李桃辉边说边整理着桌上的资料，"当然，毕竟时间是有限的。正因为做公益的时间多了，就很少带孩子去逛商店，陪家人去看电影什么的，但没关系，他们都不仅支持我，还都成了热心公益的人。当你一次又一次地去帮助别人的时候，得到的就是一次又一次的快乐，内心也就会安静下来、安定下来，时间一长就成了一种习惯。做好事看起是帮助了别人，其实是快乐了自己，幸福了自己。人一快乐，心情就好，身体跟着也棒。"

"做公益，做义工，我现在更多的是利用多年积攒下来的口碑，再借助团队的力量，让更多的人一起来帮助别人，让更多的人能得到帮助。团队的人都支持我，信任我，这也是激励我做下去的动力之一。如今团队越来越大，政府又支持，我是更有信心、更有力量做下去了。"李桃辉望着窗外灿烂的阳光，"我会继续做下去，直到那一天。"

2020 年 7 月下旬，又是周末，一大早，李桃辉和小娟等人又出发了。这天他们是对接了益阳市福彩中心和退役军人事务局，赶在建军节到来之际为伤残和特困军人送去慰问金和慰问物资。

迎着朝阳，李桃辉走在队伍的最前面。她微笑着，笑得那么自信，那么灿烂。那笑里洋溢的是浓浓的爱心、满满的正能量，传递的是春天一样的温暖、大海一样的力量。

李桃辉，一个平凡的人，一个普通的人，却一口气做好事、做义工、做公益，做了这么多年，而且还将做下去，直到那一天。是什么让她如此热心，又如此执着？是共产党员的信仰和情怀，还是人性的善良和光辉，还是……我想，这她都有，而且已化在她的血液中，刻在她的心坎上，融在她的思想里。只有这样，她才会那么坚定，那么持久，那么一往无前，那么自信，那么淡泊，那么无私奉献。

做好事，做义工，做公益，需要一种心态，一种情怀，一种境界，一种精神。当你无欲无私的时候，你的内心就会清澈、纯净，你就会坚守，就会坚持。你付出了，奉献了，却也在付出和奉献的同时，得到了一种别样的快乐，得到了一种别样的升华，而这快乐和升华又会给你不尽的自信和力量，激励着你快乐前行，永无止境。

李桃辉，一介平民，一个草根，一念做着看上去平凡、平淡的事情，却在朴素、朴实中折射出一种崇高的情怀和情操，放射出一道道耀眼的光芒！

通过阅读可以看出，《乡村致富带头人》和《爱因你而美丽》是先进事迹材料，《油茶飘香》和《李桃辉和她的无疆大爱》是报告文学。

现实中，无论是行政单位还是事业单位，无论是国有企业还是民营企业，无论是集体还是个人，都免不了要写工作报告和工作总结、情况汇报和情况说明、典型发言和经验介绍等之类的一般材料，同时一些重大事件、重大项目和创业历程、辉煌成就，及一些先进事迹和优秀人物、典型经验和独特做法等等又需要报告文学才能充分表达，完美体现，达到相应的效果，产生相应的效应，但往往是不少的报告文学写成了工作总结、情况汇报或人物介绍、经验分享之类的材料，只是报告，没有文学。

为什么会把报告文学写成了一般材料呢？这主要有两方面的原因：一是没弄清楚报告文学与一般材料的异同，把两者混为一体；二是没有掌握报告文学写作基本的方法和技巧，缺乏驾驭报告文学写作的能力。

那报告文学与一般材料的异同在哪儿呢？两者最大的共同点是都要实事求是、客观真实，不能虚构，不能编造。

报告文学与一般材料的区别主要在于：

一是写作的目的不同。写一般材料主要在于反映情况、汇报工作、总结经验、推荐典型等，而写报告文学主要是为了叙说人物和事件、表现成果和成就、表达思想和情感、展示风采和风貌、体现责任和担当、树立口碑和形象等。

二是文章的受众不同。一般材料主要是对内，在内部上下、纵横交流，学习借鉴，而报告文学虽然有的也是用于内部交流，但更多的是对外发表或公开出版，面向的是社会，受众更多，影响更大。

三是保密的要求不同。有的事件、制度、机制、产品、工程、项目、数据、人物等比较敏感，或是涉密的，但内外有别，有些东西可以写进材料，但写进报告文学就不行了，这就是说从保密的角度来讲，报告文学的要求更严。

四是写作的内容不同。一般材料把事件说明白，把人物介绍清楚，或是把主要事迹写出来，把主要经验总结出来就行了，而报告文学除了要写事件的来龙去脉，更要写事件为什么是这样，要写人物的成长经历，更要写人物的思想和情感。报告文学比一般材料涉及要更宽广，发掘要更深刻，内容更充实、更丰富，表达更充分、更完整。

五是写作的方法不同。一般材料大多采用描述、归纳、概括、提炼等方法，提纲挈领、简单明了，观点鲜明、主题突出，强调的是严谨性、逻辑性，而报告文学更加注重立意和谋篇布局、素材的主次和详略安排、场景和细节选取、语言的个性化和形象化等，且常常以叙述和描写为主，融合抒情和议论，强调的是文学性和可读性。

六是写作的时效不同。一般材料和报告文学都讲求时效，都要及时写出来，及时上报或发表等，但往往材料对时效的要求更高，报告文学有的可以先沉淀一段时间，多一些采访和思考再去写，而许多材料往往是必须在第一时间提交的。

七是文章的风格不同。一般材料必须忠于原貌，忠于原样，如实地反映，如实地表述，不允许有任何的加工和粉饰，因而一般材料的基本风格就是平实，而报告文学可以在真实的基础上适当地运用一些文学手法，在平实的基础上增添文雅之气、高雅之色，让文章灵动起来，闪亮着文学色彩，因为报告文学是文学，不是报告。

第八章

报告文学与纪实文学和非虚构有何异同

近些年来，我国在报告文学发展的同时，又兴起了纪实文学，引进了非虚构文学，不少文学杂志还开辟了纪实文学或非虚构文学专栏。那报告文学与纪实文学和非虚构文学有什么异同呢？

一、报告文学与纪实文学的异同

纪实文学是一种介于报告文学与小说之间的文学样式，也称"报告小说"，是报告文学化的小说。纪实文学也讲求真实，但又可以适当虚构，但虚构必须以真人真事为基础，且虚构受到一定的限制，不能像小说一样凭空虚构。

《中国80后调查》是一部典型的纪实文学。作者深入采访了中国国内的各个行业和不同地域的24位80后人物。书中通过80后的就业、爱情、房子、孩子、选择、责任、亲情、梦想八个部分来真实地记述人物的行走轨迹，给读者以一种真实感，但书中又有一些文学化的处理。书中"触目惊心的80后生存群像"在社会上，尤其是80后一代的读者中引起了巨大反响。

可见报告文学和纪实文学最大的相同点都是建立在真人真事的基础上，最大的不同点是纪实文学在真实的基础上可以适当虚构。

李炳银先生认为，报告文学与纪实文学的不同主要在两个方面：

一是关注和用力的重点不同。

报告文学创作，是同报告文学的生成背景和个性特点联系在一起的。报告文学突出的个性特点是真实性、现实性（新闻性）、思想性和文学性。真实性是报告文学的生命，也是报告文学区别于其他建立在虚构基础上的文学体裁的根本所在。现实性是报告文学参与和推动社会建设的基点所在，是报告文学能够区别其他历史、个人内容作品的突出标志。报告文学的思想性，更是报告文学的灵魂。报告文学创作应该是报告文学作家在现实社会生活中独立感受、面对和思考认识的个性表达。不能够将没有很好的对象选择，只是描述了真实生活事实的作品看成报告文学，最少它不是优秀的报告文学。所以，思想性是报告文学参与社会观察、社会认识判断和独立理解的重要基石。文学性是报告文学必须借助文学的艺术表达将自己的真实、现实、独特的社会感受表达出来，使得读者喜欢和便于接近和接受。这些特点，就是报告文学所应关注和用力的重点。

而纪实文学大多是在面对和记述着某些历史事件和个人行事，或是在揭秘与介绍着某些事件的内情和进程。这就表明，纪实文学的用力点在于对历史的接近和解析，而和直接的现实生活有明显距离。即使是作者在这种历史的记述中表露了一定现实的认识和理解，其实也是十分轻微和有限的。另外，纪实文学在接近真实的过程中，是有不少困难的，很多的内容，都是过去式的存在对象，没有了事件的直接参与者，仅凭书面资料和有限的访问，是很难保证其记述内容的真实性的。这些年间，不少纪实文学作家被谴责和起诉，其原因就在这里。另外，纪实文学作品，往往对于历史的事件进程和人物的经历感兴趣，而并不在这些内容的思想内涵评判方面用力。所以，作品所提供的多是一些作家掌握的事实，这也许对还原历史对象的原貌有益，但比较缺乏独立思想的表达。

二是写作的方式和意图不同。

报告文学作家用关注社会的眼光，始终在社会生活现实的进展和变革之中。报告文学的题材对象，是作家在直接、繁复、不断变化着的现实社会生活中寻觅、发现、选择的结果。要认真地落实这些必要的创作条件，报告文学作家就必须对现实社会生活有一种敏感，有一种面对，有一种独立的认识和评判，否则，是无法接受这样的创作。正是因为这样，面向现实的各种不同对象的采访就变得具有基础和根本性了。像小说家那样凭着自己的社会观察和体验，在安静的书房凭虚构写作的方式在报告文学创作中是行不通的。一个没有对现实社会生活热情参与，不关心其现状和改变可能的人，是永远也不会接近报告文学的创作，自然也不会真切地感受认识到报告文学创作的艰难和乐趣、价值和意义。报告文学的舞台在社会，在眼前的社会生活，它的目标指向也同样是现实的社会生活。它在这里活动，在这里表现，在这里成功，也在这里接受考验。检验报告文学价值作用和力量的，不仅仅是文学界自己，而在于更加广大的社会读者和现实及长远的历史时间。

一般来说，纪实文学创作活动的范围大多在历史社会生活的圈子之内。纪实文学更多感兴趣的是那些历史上曾经发生，但人们又知其不详的对象，如名人秘闻、宫闱斗争、战争内情、事件本真，等等。虽然不少纪实文学所表现的内容，对于人们认识了解历史对象多少会有所帮助补益，但这样的对象大多都已经是过去式的内容，它所具有的作用和造成的结果已经凝固或无法改变。所以，这些即使对于今天的人们是新鲜的消息，也有很多失去了对于现实社会生活的影响力量。纪实文学的写作主要是对历史的访问调查，虽然接近第一手的材料也不容易，但毕竟相对要稳定和简单一些。所以，在纪实文学写作时，谁占有了材料，谁就接近了权威。而作家个人在写作中的作用、水平能力等就表现得不很明显。更重要的是，历史就像天空的浮尘，像蓝天上的虹霓，消失了的，人们就很难将其复原。所以，纪实文学永远不可能为人们提供一个充分原本真实的对象。

从这两点，我们可以进一步看出报告文学与纪实文学的根本区别就在于报告文学必须遵循真实性原则，同时报告文学比纪实文学具有更强的现实性和思想性。

当然，纪实文学虽然没有报告文学那么强调真实性，但又是除了报告文学之外最能逼近真实，逼近事物原貌的文学作品。这也是纪实文学的魅力所在。它不仅是记录历史，还直面问题，还原事物的本来面目，而这正是读者想要看到和知道的。这又是纪实文学比小说等虚构作品更受读者欢迎和喜爱的重要原因。

二、报告文学与非虚构文学的异同

非虚构文学是西方文学界提出来的，20 世纪六七十年代在美国风行一时。非虚构的英文原词是 non‑fiction，直译为"非小说"，与小说（fiction）、虚构对立。"非虚构文学"的概念首次被引入中国大致在 20 世纪 80 年代初期。2010 年，中国人民大学出版社首次引进出版了由美国作家雪莉·艾力斯编著、刁克利译校的《开始写吧！非虚构文学创作》一书。2010 年《人民文学》加持助推非虚构文学，非虚构文学一时成为文学界和社会各界关注的一个热点。2011 年 4 月，在纪许光和北京大学、武汉大学的一批学者倡议下，中国第一个非虚构文学创作教育工作室在广州成立。

由于非虚构文学产生的时间还不长，特别是传入中国的时间更短，因而在非虚构文学的理解上也就不同，主要有以下几种说法：

> 报告文学与非虚构文学既有联系也有区别。联系是它们同属纪实文学，而不是虚构性文学，与小说诗歌之虚构有着本质的不同。报告文学强调作者站在当今社会的立场上，更为直接地表达思想，肯定当代社会思想意义，体现价值观的引导。非虚构从广义上说涵盖范围更大，可以包括报告文学、纪实文学、传记文学、回忆录，甚至散文，在不得虚构这个意义上说，同样与小说、戏剧及诗歌形成对立关系。狭义的非虚构文学与报告文学相对应，

更强调书写的客观性、在场性、亲历性，而不一定非要具有很强的政论性和时政性。

——梁鸿鹰

非虚构比报告文学的含意要丰富得多：一是作为叙事方法的非虚构，最初的美国非虚构写作，其实是"非虚构小说"，作品选取的新闻题材，核心的故事是真实的，但在具体的叙事中采用了小说虚构、想象等方法。非虚构是这类写作中的新闻叙事；二是作为文类指称的非虚构，文体基本分为虚构和非虚构两类，两类之中又包含了许多子类，报告文学是非虚构中的重要一体；三是作为写作方式的非虚构，就是指作品的生成有赖于作者深入的采访、田野调查、文献查证等，拒绝主观故意的无中生有的虚构和想象；四是作为作家与现实关系精神指向的非虚构，以对实现的参与关注和介入，反拨对现实的疏离，纠偏创作中的凌空蹈虚。从一定意义上说，非虚构是一个文类的指称，报告文学是一个文体的概念，两者共有一个同心圆，只是它们的半径不一样。我以为，不管是报告文学，还是非虚构，关键的不是称名本身，而是要有效地呈现出具有现实价值、历史价值和人性价值的客观存在，揭示出不应被遮蔽的事实的真相。

——丁晓原

严格来说，我们今天所看到的标注为"非虚构"的作品大多是一种小说化的文本，严格来说它们应该归入小说，只不过其人物、故事原型可能采自现实生活中一些真实的具体的人和事，但是作者却对这些人和事进行了重新的组合排列和艺术再造。从这个意义上说，现在我们所读到的多数的"非虚构"文本，实际上并非严格意义上的非虚构文学，而只是披着"非虚构"外衣的小说。非虚构文学与我一向所倡导的广义的报告文学或"大报告文学"的范畴是重合的、对等的。换言之，非虚构文学即是"大报告文学"。在我看来，报告文学杜绝虚构、编造，杜绝凭空想象和"无中生有"，报告文学所描写的内容皆应是可被反复验证或不可被证伪、不可被否定的，它是一种历史真实、判断真实和艺术真实的统一。

——李朝全

报告文学是与小说、散文、诗歌等并列的一种文学体裁，虽然发展历程只有百年之久，但已经发展成当代文学领域中最引人注目的文本之一，特别是从 20 世纪 80 年代以来，这一文本在不断自我突破与完善，并发挥了巨大的社会作用。而非虚构在国外虽然 20 世纪 60 年代就提出了这一概念，在国内盛行也还是近十年的事，在当代中国的文学谱系中，非虚构显然不是一种文学体裁，而只是一种概念，或者说一种现象。

——纪红建

从本质上说，报告文学写真人真事，姓名地名都不可虚构，而非虚构提倡的真实是基于事实原型的真实，后期进行过虚构的加工。换言之，报告文学的写作要承担书写真实的压力和风险，而非虚构则以真实的名义吸引读者，但内容上却又得到了虚构的豁免，实际上还是属于虚构文学。

——黄菲莳

从以上不同的表述，我们可以概括出如下几点：一是报告文学和非虚构文学都纪实，都属于纪实文学的范畴；二是报告文学和非虚构文学都与"虚构"对立，真实是基础；三是报告文学与纪实文学和非虚构虽然都讲求真实，但事实上纪实文学和非虚构往往在基本真实的基础上有虚构的成分，换句话说，就是报告文学比纪实文学和非虚构文学更真实；四是报告文学与纪实文学和非虚构文学都与小说有一定的关联，但纪实文学和非虚构文学与小说更近一些。

第九章
怎样处理好报告文学的结构

　　著名作家、中国报告文学学会副会长李春雷谈到他创作《木棉花开》时说："别的不说，单说文本结构，我的确煞费苦心。表面上，看似只选取了广东改革开放过程中几个最具代表性的亮点加以表述，如果仅是这样，那就太简单了，谁都会筛选。最关键的难点在于，这几个亮点如何排布，在整个行文叙述中如何相互避让、补充和响应，以及在叙述进行中的节奏、详略和高潮点等等的火候把握，都十分微妙。这一系列的细节都激活到位，效果就出来了，如同书画作品的神韵。"可见处理好结构对报告文学非常重要。

一个完整的报告文学作品一般由标题、开头（引子）、中部（正文）、结尾四个部分组成。这四个部分相互关联，成为一个有机的整体。

一、怎么写好报告文学的标题

一个好标题就是半篇好文章。报告文学同样如此，同样重视提炼标题，甚至比其他文体更加看重标题，让标题产生一种吸引力和震撼力。写标题主要有以下几种方法：直接以人或事件做标题，如《包身工》；以人的特征或事件的特点为标题，如《一个记者的九年长征》；以文中人物的某一句话或以文中某一句概括性的话做标题，如《你从田野来，本色从未改》；以某种象征性的事物或现象做标题等，如《木棉花开》。

总体来说，一个好的报告文学标题应具备以下几点：一是实，不空；二是内涵丰富，具有较强的概括力；三是新颖独特，不落窠臼。如：《震撼世界的十天》《中国农民大趋势》《神圣忧思录》《亚洲大陆的新崛起》《亚细亚怪圈》《白夜——性问题采访札记》《谁是最可爱的人》《大海雄性的舞台》《乡村国是》《城里银行进村来》《"懒汉"汉村》等；四是讲究修辞，有一定的文学色彩。

二、怎么写好报告文学的开头（引言）

"开卷之初，当以奇句夺目，使之一见而惊，不敢弃去。"这虽然是清代李渔在《闲情偶记》中论诗的话，但对报告文学一样适用。好的开头，会吸引读者兴致勃勃地往下读，而如果开头平平淡淡，读者会兴趣索然，不会再往下读。

好的报告文学的开头（引言）主要有以下几种写法：

（一）以某一个生动逼真的场景或场面开头，给人一种强烈的现场感，如《珊瑚卫士》里的描写："2016 年 1 月 24 日，海南省三沙市第一届人民代表大会第四次会议正在召开，此时，会场鸦雀无声，大家侧耳聆听着一个戴着眼镜的年轻人的发言。"

（二）以交代事情发生的时间、地点开头，给人一种真实感，如《苗木青青》中写道："2021 年 11 月 13 日，又是周末，还不到十点，我又驱车从长沙赶到了湘潭林泉山农林科技有限公司，再次采访许雄智和他的合作伙伴。"

（三）以交代事件的高潮或结局开头，如《一个记者的九年长征》："2011 年，新华社在筹办成立 80 周年纪念活动时，制作了一枚金光闪闪、刻有'新华通讯社一等功'浮雕字样的勋章。从 2011 年到 2015 年，这枚立功勋章，静静地陈列在新华社大厦的某个房间里，等待着一个足以承担这份光荣的人脱颖而出。几年之后，新华社高级记者，新华社内蒙古分社编委、政治部主任汤计，获得了这枚有'新华社第 001 号'勋章，成为 84 年来，唯一获得这份殊荣的新华社记者。"

（四）用概括性或哲理性的语言开头，如《为了六十一个阶级兄弟》："一滴水能反映太阳的光辉，一件平常事可以体现我们时代最美好的思想，最高尚的风格。"

（五）以抒情开头，如《谁是最可爱的人》："在朝鲜的每一天，我都被一些东西感动着；我的思想感情的潮水，在放纵奔流着；我想把一切东西都告诉给我祖国的朋友们。但我最急于告诉你们的，是我思想感情的一段重要经历，这就是：我越来越深刻地感觉到谁是我们最可爱的人！"

（六）以议论开头，如《生命的节点》："生命因旦夕祸福而变得长长短短，也因为生命的意义，分出轻轻重重。"

（七）以悬念开头，如《谁用生命捍卫你》："还是先从黑虎的故事说起。一个孤儿，一只狗，那是一场怎样的生死之交！"

（八）以设问开头，如《北方水困境与汉水大移民》："……有没有水，真的只是政府的事，与自己没有干系吗？十几万个家庭几十万人在为此受苦为此奉献真的不屑知道吗？水管里的水从哪儿来、还能维持多久真的不想知道吗？"

（九）以人物描写开头，如《亚洲大陆的新崛起》："1949 年 9 月底的一个夜晚，英吉利海峡的朴次茅斯港口，有一个身材高大的中国人，快速踏上了一艘开往法国的渡海轮船。当他穿过英伦海峡的迷雾，迎着海风走上夹板的时候，可以看见他的脚步稳重，矫健；他每一步的跨度总是零点八五米——这是他多年从事地质工作，长期在野外考察养成的习惯；他平时迈开的每一步，实际就成了测量大地，计算岩层距离的尺子。"

（十）景物描写开头，如《一个村庄的抗战血书》："车出小城，闹市的喧哗被除数甩在了车轮后，再前行，有牛羊鸣叫，乡土气息渐浓，路旁的绿树，如两条玉带蜿蜒远去，迎面是无边的田野，葱茏的庄稼刚经了一场透雨，显得格外茂盛茁壮。"

（十一）以尖锐的矛盾冲突开头，如《县委书记的好榜样——焦裕禄》："1962 年冬天，正是豫东兰考县遭受内涝、风沙、盐碱三害最严重的时刻。这一年，春天风沙打毁了二十万亩麦子，秋天淹坏了三十多万亩庄稼，盐碱地上有十万亩禾苗碱死，全县的粮食产量下降到历年最低水平。就在这样的关口，党派焦裕禄来到了兰考。"

（十二）以概述开头，如《飘走的蒲公英》："据 1983 年的调查，中年知识分子的死亡率是老年人的两倍多，近年又有增长的趋势。"

（十三）以分标题开头，如《亚细亚怪圈》："第一章，贫穷的品质，第二章，鲨鱼的牙齿和食物，第三章，深奥的理论与简单的实际……"

三、怎么写好报告文学的中部（正文）

中部（正文）是报告文学的核心和主体，事件的叙述和人物的刻画都主要在这一部分完成。这重点是把握好报告文学的结构形式和结构安排，哪些在前，哪些在后，哪些为主，哪些为辅，哪些详写，哪些略写，等等。

（一）报告文学的结构形式主要有以下几种

1. 按时间顺序来安排材料。大多立传式、日记体的报告文学就是按时间顺序来写的。如《敢立军令状》，写的是一位普通工人毛遂自荐当厂长，立志在半年内改变工厂的落后面貌的故事，作品就写的就是他上任后的"编月史"。

2. 按空间转换来安排层次。访问记式的报告文学，往往是按照访问地点的转换来写，如《爱使桃辉》等。

3. 以时间为"经"，空间为"纬"，采用"纵横交叉"的方式来安排层次。如《为了六十一个阶级兄弟》就是这样，它以时间的推移作为开展情章的"经线"，同时又以空间方位的变换作为"纬线"，将同时间不同的地点发生的种种事情十分巧妙而紧凑地"编织"到文章当中，既从"纵"的方面注意了时间的连贯性，又从"横"的方面照顾了空间的平列性，穿插自然，交错而不混乱。

4. 以作者对人物或事件的认识发展变化来安排层次。如《大雁情》就以"她……""她？""她""她？！"为四个小标题，表现了作者对报道对象认识深化的过程。

5. 以作者思想感情的起伏变化安排层次。有些抒情性较浓的报告文学，作者既不是按照时间顺序也不是按照空间顺序来安排材料，而是采用写意的手法，以作者思想情感的变化来串联起全文，如《罗布泊新歌》。

6. 以材料的性质分类安排层次。就是把表现主题的众多材料，按照他们的性质加以分类，相同的归在一起，写到一个层次里，使他们能更好地结合起来共同显示主题，如《为了共同的事业》。

（二）报告文学的结构安排要把握好以下几个方面

一个事件有来龙去脉，有形成的过程，一个人物有成长的经历，有许多的故事，而这些都不能事无巨细地一一罗列出来，不能记流水账似的平铺直叙，必须有主有次、主次分明，有详有略、详略得当，行文也不能是同一个节奏，而是要有快有慢、有起有伏，快慢相宜、疏密相间。这样，报告文学的结构安排主要就是把握好主次、详略和节奏。那怎样把握好报告文学主次、详略和节奏呢？

1. 对文章的篇幅要有一个总体把握。文章写多长在很大程度上决定了文章的容量，也直接影响到文章的详略和节奏。

2. 对文章的总体架构要了然于胸，包括大的过程，小的细节都要心中有数。这样在写的过程中才能信手拈来，写得顺手流畅。

3. 对所写的文章有一个大的架构，就是文章怎么开头、怎么结尾、正文写些什么，要有一个总体的框架，不能盲目去写。

4. 要安排好素材顺序，就是要安排好哪在前写，哪在后写，哪为主写，哪为辅写，哪是详写，哪是略写等。同一个故事、同一个场景、同一个细节放在不同的地方，不但效果会不一样，还会影响文章的节奏和表达。

5. 对素材进行取舍和剪裁。要围绕主题对素材进行取舍和剪裁，对与主题无关或不充分的要放手舍弃，对旁枝斜叶要放手剪裁。

6. 要选择适当的叙述方式。叙述方式有顺叙、倒叙、插叙、补叙、平叙、直接叙述、间接叙述等多种，不同的叙述方式表现的手法和效果不一样，也关系到文章的详略和节奏。除选择好叙述方式之外，还要注意把握好不同叙述方式的转换，因为一般说来，同一篇文章里边往往会使用多种叙述方式，但有一种是主要的。

7. 要把握好语言风格。不同风格的语言在句型选择、字词选用、修辞使用等方面都会有差异，而这差异又会影响到文章的详略和节奏。

8. 适宜地安排好抒情和议论。报告文学是叙事文学，以叙述为主，但在合适的地方适当地抒情和议论，总能起到画龙点睛的作用，增强报告文学的思想性和文学性。

四、怎样写好报告文学的结尾

"作乐府亦有法：凤头，猪肚，豹尾，六字是也。"元代乔梦符这说的虽然是乐府，但对报告文学一样适用。后来有人将凤头改为虎头，于是也就有了"虎头，猪肚、豹尾"一说。"凤头"就是文章的开头要美丽，如凤头一般；"虎头"说的是文章的开头要有气势，如老虎一样。"豹尾"是指文章的结尾要有力，有如豹尾"大家之文，于文之去路，不唯能发异光，而且长留余味"。报告文学的结尾主要有以下几种方式：

（一）以首尾照应结尾

这种结尾前后呼应，结构圆合，给人一气呵成之感，也是比较常用的一种方式，如"这个懒汉啊，人糙心不糙，治村有一套。"（《"懒汉"治村》）。

（二）以哲理结尾

这种结尾往往是在前边叙事的基础上进行概括和提炼，以哲理性的语言来表达，让人去思考，如"雷宜锌和他的作品走出国门、赢得尊重的事实告诉我们：艺术是崇高的，但崇高源于艺术的魅力！艺术是崇高的，但崇高源于艺术家严谨的创作态度和永远流淌在艺术家骨子里的气节！"（《走向崇高》）。

（三）以抒情结尾

这种结尾总是满怀激情地号召，或是呼吁，或是希望，常常能打动人，鼓舞人，激励人，如"罗阳陨落了。但他的梦想已经起飞。他的笑容，他笑声，写满了中国的万里空疆！祖国，终将选择那些忠于祖国的人！祖国，终将记住那些奉献于祖国的人！"（《我的中国梦》）。

（四）诗情画意结尾

这种结尾大多是在结尾时展开想象，用描写的手法向读者展示一幅优美的图画，同时带有一定的象征性，让人去联想，如"岭南的疆土上肃立着数不清的木棉树，像一支支硕大的火炬，默默地燃烧着……"（《木棉花开》）。

（五）以促膝谈心结尾

这种结尾是在结尾处告诉读者自己对人对事对问题的看法，对生活的感悟，让读者产生共鸣，如"在我离去前，又一次深深凝望，一个仅有五间房的小小院落，它的存在，让我们错杂的内心一下变得简单明了，面对它，一切都会得以逼真地映现。唯愿在我接下来的奔波于大河上下的漫漫长旅上，它的存在如同时空中的一个坐标，一个闭上眼睛也能看见的坐标……"（《玛多，一个人的记忆》）。

总之，结尾跟开头一样重要，切不可虎头蛇尾，一个好的结尾应或令人回味，或令人鼓舞，或令人感奋，或令人深思……

下面我们一起从结构的角度来欣赏纪红建的报告文学《奔腾的霞湾港》。

奔腾的霞湾港(节选)

——老工业城市的 70 年巨变

◎ 纪红建

走在株洲清水塘,满眼蓝天白云,绿意盎然,城市公园已具雏形,快速路网加紧"编织"……那片曾经功勋卓著而又落满尘埃的老工业区,已经"脱胎换骨",正在向生态科技新城华丽转身。这背后是清水塘工业人的汗水、心血与酸楚,更是他们对生态文明理念的深刻理解与生动践行。

而贯穿清水塘的霞湾港,犹如一条连接清水塘老工业区心脏的大血管,时刻感触着她的气息与律动。

触摸着一座城的脉搏:一溪清流,一路欢歌

霞湾港很小,全长约 4.06 公里,最宽处不过 10 米,最窄处才约 4 米,深约 1 米,说它是一条溪流更为确切。

霞湾港又很大。它直接汇入湘江,再汇入洞庭湖,最终融入长江,奔向东海,它是庞大长江水系的一分子。

它姓啥名谁、身处何地并不重要,重要的是,它直入一座共和国老工业城市的心脏,时刻触摸着这座城市的脉搏,感受它的激情与律动。更令人欣喜的是,现在,它迎来了自己的新时代,一溪清流的它,一路奔腾,一路欢歌。

夏秋时节，正是绚丽多彩、生机勃勃的季节。霞湾港港堤两岸的玉兰、红榉木、山茶、银杏等竞相生长，绿意葱茏。清流潺潺，生长在渠底的青苔焦急万分，恨不得将双手伸出水面鼓掌。小鱼儿更是等不及，一群群、一队队，逆流而上，摇着尾巴，欢呼着……

这情景，把清霞社区党支书冯玉霞带回了童年岁月。他陶醉在港堤的草丛中，脸上绽放出微笑，感受着今昔巨变。

清霞社区原来叫建设村，紧邻湘江，拥抱霞湾港。冯玉霞生于斯长于斯，且祖祖辈辈生活于此。情景要从70年前开始描述。

小时候，冯玉霞听父母讲得最多的就是霞湾港的繁华。新中国刚成立那会儿，船只是河边人家主要的交通工具，港口周边人来人往，热闹非凡，霞湾街应运而生。周边的村民，甚至长沙、湘潭的人们都来霞湾街购买商品。面临湘江，三十多家商铺一字排开，风吹木牌响，吆喝声不断。

由于公路等交通方式的发展，船只渐被边缘化，霞湾港开始没落，霞湾街日渐冷清，最后只剩下一排砖瓦楼房，几块凋落的木牌。

彼时的清水塘还是株洲城的北区。在山丘悠然自得的霞湾港是一股清流，即便在20世纪六七十年代，依然水草摇曳、蜻蜓翩飞。

年轻的共和国开始在清水塘这片空白之地绘制壮美的工业蓝图，霞湾港凝聚着光荣与梦想、责任与使命。

勤劳和智慧：共和国三代工业人的拼搏印记

峥嵘岁月中，霞湾港滚滚向前。

在清水塘井塆社区 2 区 8 栋 103 号，那简朴而又陈旧的房子里，白发苍苍的颜家祝热情地给我泡茶。坐定后，他慢慢地向我讲述他的故事。1935 年出生的他，老家在衡阳，在山东当了三年多兵，1958 年 5 月复员回乡。

一回到老家，颜家祝就投入到火热的农业生产之中。

他清楚地记得，那天是党的 37 岁生日，一大早他就下田干活。太阳快到头顶时，大队支书气喘吁吁地跑了过来，冲着他说，赶紧上来，赶紧上来。颜家祝一头雾水，不知道发生了什么。支书说，还傻站着干什么，赶紧上来，是好事，国家要建工厂，来招工了，复员军人优先。颜家祝一听招工，立马从水田里奔上岸，跟着支书就往公社跑。就这样，颜家祝进了株洲化工厂。

来到崇山峻岭、杂草丛生的清水塘，颜家祝被眼前场景吓了一跳，数千人在这里肩挑手提或拉着板车，开荒破山。大家挥汗如雨，干劲十足。比他们来得更早的是株洲冶炼厂，他们在清水塘的甑皮岭上开荒，风餐露宿。不久后，那座号称"亚洲第一高"的工业烟囱就在清水塘耸立起来，成为株洲工业版图上的一个标志性建筑。

……

柳祥国习惯每天用 1 小时回顾整理自己的工作。不断观察积累，他开始琢磨如何改进操作工艺。他发现改进电解槽的槽杠子，可以稳定阴、阳极，提高锌电解产量，还可以增加导电头接触面积，提高电流效率，降低电耗。1994 年，他提出第一条创新建议——"阴阳两极定位法"，在全厂推广，获得株冶集团科技创新一等奖。2010 年，以柳祥国名字命名的"平、清、紧、看""四一先进操作法"问世，一举打破电解工艺操作几十年来的传统方式。新操作法实施后，每年为工厂创造经济效益 7600 万元以上。

整体关停转型：退出，是对重生的承诺

霞湾港也饱含着株洲工业人的酸楚。

文质彬彬的周维来到清水塘时，正值"炉火染红天际，烟囱浓烟滚滚"之时。周维说，他是 1990 年从西安交通大学化工机械专业毕业分到株化的，从车间实习生做起，逐渐成长为株化的副总经理。

作为一名管理者，周维很快就因霞湾港而忧心忡忡。由于长期粗放式发展，清水塘企业基础设施老化、落后产能集中、环境污染问题突出，而裹挟着沿途工矿废水的霞湾港，更是深受其害，镉、铅、汞、砷等重金属含量严重超标。整个化工区杂草不生，气味刺鼻，工人必须戴防毒面具和口罩。再抬头看看天空，云山雾罩，几乎白天看不到太阳，夜晚看不到月亮。

……

热闹了 62 年的大厂，如同窗外的雪花飘落到地上，归于平静。它的关停，意味着清水塘老工业区 261 家企业的工业产能全面关停退出。

"退出，或许是对重生的承诺。"廖舟擦拭着眼角的泪花说。

"中国动力谷"：老工业城市重生的美好新图

如何重生？霞湾港向我们展示了美好图景！

我随彭自兴行走在霞湾港堤。1962年出生的他，是清水塘老工业区搬迁改造工作协调指挥部工作人员，也是土生土长的本地人。

彭自兴告诉我，株洲自从决定关停搬迁清水塘企业后，就已做好了担重任、啃硬骨头的打算。具体说就是：钱从哪里来？人往哪里去？企业怎么搬？以株冶为例，钱的筹集有三个渠道：一是国家财政对环境治理、工业区搬迁的相关支持；二是用活金融政策；三是立足于经营清水塘地区，创新土地资产处置模式。人的安置，一部分随原产业走，一部分提前退休，还有一部分跟着清水塘后续产业走。企业的搬迁，通过就近安排进园区、支持搬迁到外地、鼓励应用新技术新装备等，引导区域内企业转移转型发展。

......

美好图景还体现在一组组不断变化的数据里：与2013年比，2018年株洲空气质量优良天数达288天，增加近2个半月，优良率达78.9%，提高了4.4个百分点；工业企业废水实现100%达标排放；湘江株洲段水质从Ⅲ类标准提升到Ⅱ类......

"去年，株洲市入选改革开放40周年经济发展最成功的40个城市。同时，我们还成功创建全国文明城市、国家卫生城市、国家园林城市……"彭自兴豪情满怀地说。

梦想与追求，涅槃与蝶变，不只属于株洲，还属于上海、南京、鞍山、长春……这些共和国老工业城市，她们共同构成了中国经济发展的美丽缩影、经济崛起的亮丽风景。

听，奔腾的流水声！

那是长江与黄河，是无数霞湾港这样的小溪，汇成的一波波汹涌澎湃的时代浪潮。

纪红建老师多次去老工业城市株洲采访，获得了大量素材，但他只以"在触摸着一座城的脉搏：一溪清流，一路欢歌""勤劳和智慧：共和国三代工业人的拼搏印记""整体关停转型：退出，是对重生的承诺""'中国动力谷'：老工业城市重生的美好新图"为小标题，抓住四个重点，只写了一个短篇，以《奔腾的霞湾港》为题，写出了老工业城市的70年巨变，而这在于他确定了只写短篇，又精巧地安排好了结构层次，处理好了主次和详略，把握好了节奏，且语言朴实简洁，叙述与议论、抒情融合自然。

第十章
怎样刻画好报告文学的人物

文学既人学。人物类报告文学无疑主要是写人，就是事件类和问题类报告文学同样要写人，因而刻画人物也就成了报告文学一个非常重要的功能和使命，但报告文学是刻画人物，而不是像小说那样塑造人物。

报告文学写人有两种情形，一是写一个人，或全面写，或撷取片段写，如《哥德巴赫猜想》《爱的奉献》等；二是写一群人，或写一个单位，或写一条战线的人，如《中国姑娘》《油茶飘香》等。

报告文学要写真人真事，但并不是任何真人真事都能成为报告文学写作的对象；要追踪事实，但并不是任何事实都值得报告，而是要有所选择和提炼。人物类报告文学大多写的是新闻人物，但用报告文学写新闻人物不能像新闻报道那样，只有事件梗概，只见事不见人，而是必须刻画出丰满的人物形象，人物要立起来，鲜活地出现在读者面前。

一、报告文学怎样刻画好人物

（一）揭示人物的内心世界

报告文学只有写出人物的灵魂，揭示人物的内心世界，才能刻画出有血有肉的人物形象。如：

李桃辉头重脚轻地进了门，抚着额头，在沙发上坐下。正在写作业的小慧看她一眼，皱了一下眉头，问她脸色怎么有点不对，是不是哪里不舒服。她说也没什么，可能是昨天淋了雨，感冒加重了。小慧"哦"了一声，继续写作业。李桃辉准备去厨房做饭，可刚一起身就一个趔趄，差点摔倒。小慧忙跑过来，扶着她，说快去医院看看。她笑着推开小慧的手，说没什么，不用的，等会儿喝一支十滴水就好了……小慧拿来了十滴水，李桃辉刚要喝，余奶奶来电话了，问她在哪儿。她说刚到家。余奶奶要她快过去。她问什么事。余奶奶要她别问，快过去就知道了。在一旁听着的小慧急了，连连向她眨眼睛，又摆手。她也摆摆手，说那好，马上过去。小慧说那她也去。她说不用，拿过十滴水，抬腿就走。坐在地上玩着跳跳蛙的小瀚爬了起来，边喊着妈妈边追了上去。她一踉跄，又差点摔倒，好在扶着了门框。小慧挡在门口，不让她出门。小瀚抱着她的腿，眼巴巴地看着她。她背靠在墙上，真有点走不动了。怎么办？去吧，又怕自己倒在路上，不去吧，又怕余奶奶真有什么急事，如果余奶奶真有什么急事，一旦耽搁了，那事情就大了，对不起余奶奶，也对不起她的亲人。怎么办？去，怎么也得去！她用坚定的目光看着小慧。小慧咬咬牙，咽咽口水，抱起了小瀚。

——胡小平《爱的奉献》

（二）突出重点和关键

这说的是一方面要把人物最重要的东西找出来，把人物最闪光的东西发掘出来；另一方面要把人物最精彩、最感人，最能吸引读者、最能打动读者的故事、场景、细节等放到最合适的地方，增强艺术效果。如：

自从陈景润被选调到数学研究所以来，他的才智的蓓蕾一朵朵地烂熳开放了。在圆内整点问题、球内整点问题、华林问题、三维除数问题等等之上，他都改进了中外数学家的结果。单是这一些成果，他那贡献就已经很大了。但当他已具备了充分依据，他就以惊人的顽强毅力，向哥德巴赫猜想挺进了。他废寝忘食，昼夜不舍，潜心思考，探测精蕴，进行了大量的运算。一心一意地搞数学，搞得他发呆了。有一次，自己撞在树上，还问是谁撞了他？他把全部心智和理性统统奉献给这道难题的解题上了，他为此而付出了很高的代价。他的两眼深深凹陷了。他的面颊带上了肺结核的红晕。喉头炎严重，他咳嗽不停。腹胀、腹痛，难以忍受。有时已人事不知了，却还记挂着数字和符号。他跋涉在数学的崎岖山路，吃力地迈动步伐。在抽象思维的高原，他向陡峭的巉岩升登，降下又升登！善意的误会飞入了他的眼帘，无知的嘲讽钻进了他的耳道。他不屑一顾，他未予理睬。他没有时间来分辩，他宁可含垢忍辱。餐霜饮雪，走上去一步就是一步！

——徐迟《哥德巴赫猜想》

（三）使用个性化语言

言为心声。生动鲜明的个性化语言，可以使报告文学中的人物鲜活起来，达到呼之欲出的效果。如：

资助学生，我从不要他们记得我，我也很少留学生的姓名，只是告诉他们，别人的帮助是有限的，未来得靠自己。我没有登记本，也不设台账，做了就做了，从没想过要别人来回报……当别人有困难的时候，你也许只要扶上一把，人家就上去了……当你一次又一次地去帮助别人的时候，得到的就是一次又一次的快乐，内心也就会安静下来、安定下来，时间一长就成了一种习惯。做好事看起是帮助了别人，其实是快乐了自己，幸福了自己。

——胡小平《爱的奉献》

（四）写好场景和细节

特定的场景和细节最能反映人物的性格特征和精神风貌及其内心世界，是刻画人物有效的手段和方法。如：

　　许雄智看着周组长。周组长读懂了他的眼神，却没有马上下去，而是低头默了默神，又咽了咽口水，提了提裤子，才扶着李世荣的手下了水渠，可他刚弯下腰，还没拉着老七的手就被他飞起一脚，踹得一屁股坐在了地上。

　　面对此情此景，许雄智心一沉，不禁感从中来，悲从中来，不由得在心底一声叹息，干事怎么就这么难啊？也就这一叹息和这一问，又让他想起了那天来老屋场考察时的一路谈笑风生，想起了决定将苗圃办在老屋场时说的一举多得，再一看那向山脚延伸过去的长长的水渠，那一畦一畦的下个月就可以培植苗木的田地，蓦地血一上涌，心想谁也别想在这无理取闹，谁也别想阻挡他前进的步伐！

　　许雄智跳下水渠，不等老七反应过来，就一把将他拖了起来。他愣愣地看了看许雄智，后退了两步，指着许雄智，问他是不是想要打架。许雄智胸一挺，说要打架可以，他奉陪到底。老七摆出一个要打的架势。许雄智指着老七，哈哈大笑。老七挥拳就打。许雄智一闪，一撇，一拉，老七趴在了地上，来了个嘴啃泥，也啃出了一片的喝彩和掌声。从喝彩和掌声里，许雄智感受到了许多，也看到了许多。

周组长把老七扶了起来。许雄智拍了拍老七身上的泥土，看了看上边的村民，说告诉大家，对越自卫还击的时候，他可是去过战场的，死都不怕，还有什么怕的。

老七挠了挠头，走到许雄智跟前，说他也没别的，就是想请许雄智把他的另一丘田也流转了过去，如果不流转了那丘田，那水渠经过的这丘田就不流转了。许雄智眉头一皱，随即舒展开来，一笑，说这是小事，早跟他说不就好了，何必要这样，让大家看笑话，自己也难堪。老七说他怕不这样，许雄智不同意。许雄智脸一变，指着老七，说他要不演刚才这一出戏，那还什么都好说，可他已经演了，那就不好说了。老七一下傻了眼，看看许雄智，看着周组长。周组长指了指老七，说你呀你呀，然后一声叹息，看着许雄智。许雄智见老七耷拉着脑袋，一个斗败了的公鸡的模样，心中一笑，一拍老七的肩膀，说好了，看在周组长和大家的面子上，他家的那丘田明年一开春公司就流转了过来。

——胡小平《油茶飘香》

（五）综合运用好各种描写

描写主要有外貌描写、语言描写、行为描写、心理描写、神态描写、环境描写等，是刻画人物的重要方法和手段。外貌描写主要写人物的容貌、神情、衣着、姿态等特征。人物的外貌往往是人物内心世界的外在体现。语言描写写人物的对话，或是几个人的谈话，或是人物自言自语的独白。语言往往是人物内心世界的直接表露，可起到"闻其言，见其人"的作用。行为描写写人物的行动、动作。人的行为、动作往往是其思想感情、性格特征的最真实的外化。心理描写写人物内心活动，包括喜、怒、哀、乐、感激、忧伤、犹豫、嫉妒、仇恨、向往等等，是无声的语言。神态描写主要写眼神和脸部表情。眼睛是心灵的窗户。脸部表情十分丰富，非常传神。环境描写写人物所处的方位、场所、景物、天气、气氛，等等。人物的性格、行为、语言等都与环境有关。环境描写不能脱离人物，要能渲染气氛，烘托人物，能体现时代特征，包含多种信息，能情景交融，托物言志等，往往被赋予感情色彩，具有某种象征意义，如：

李桃辉和刘小红各自背着满满的一背篮麦子草，唱着《学习雷锋好榜样》的歌，一前一后地从油画里走了出来。带着童稚的歌声回响在田垄里，飘绕在山梁上。到了岔路口，李桃辉和刘小红要分手了，也走累了，都说歇息一下。放下背篮，看到前面路边满地梨花，李桃辉拉着刘小红跑了过去。刘小红看看梨树，又看看梨花，好生怜惜。李桃辉挑了两朵梨花，插在刘小红的头上，说好看。刘小红也挑了两朵，给李桃辉插上，说真好看。两人相互打量着，哈哈大笑。

——胡小平《爱的奉献》

再如：

他有些迟缓、蹒跚地挪动着脚步，一看就知道这是一个长期在高原上生活的人，焦黑的脸色，青紫的嘴唇，这模样绝对不像一个五十多岁的汉子，仿佛一个历尽沧桑的老人。他看了我一眼，脸上似乎也带着和我一样的疑惑。直到落座，喝茶，抽烟，这每一个细节都进行得非常缓慢又有条不紊，而那双关节突出的手，就像一个特定一样令人瞩目。

——陈启文《玛多，一个人的记忆》

要注意的是，报告文学的描写不同于散文和小说等虚构文学的描写，报告文学的描写要真实，要有根有据，要符合人物的性格、身份、性别、年龄和文化修养，要符合人物的情境和心境，要符合事实，特别是外貌描写和环境描写，如果描写不真实，那知情人一看就知道是假的，那就有违报告文学真实性的基本原则。

（六）精当选材

一个人物在其成长的过程中，可作为素材的东西会很多，而这些东西不可能一一写到有限有篇幅中去，这就要对得来的素材进行精当选取。精就是精练、精致、精华，当就是恰当、适当、妥当。要围绕主题和人物，选取那些最能表现主题思想，最能刻画人物形象的故事、场景、细节、语言等。

（七）用好修辞

在不违背真实原则的基础上，合理地使用相应的修辞手法往往能让人物更加生动形象，更加亲切可爱，更加真实可信。如：

在汉江北岸，我遇到一个青年战士，他今年才二十一岁，名叫马玉祥，是黑龙江青冈县人。他长着一副微黑透红的脸膛，稍高的个儿，站在那儿，像秋天田野里一株红高粱那样的淳朴可爱。不过因为他才从阵地上下来，显得稍为疲劳些。眼里的红丝还没有退净。

——魏巍《谁是最可爱的人》

二、报告文学刻画人物要注意什么

报告文学是遵循真实性原则刻画人物，不是在虚构的基础上去塑造人物，因而报告文学写人物时需要注意以下几个方面：

（一）要重视人物刻画，在构思和谋篇布局的时候，首先想到的就是要如何把人物凸显出来，把人物放在中心和核心的位置来写，一切要围绕人物来进行，来展开，让人物生动形象起来，让人物活灵活现地出现在读者面前，但不能为了刻画人物而刻意去雕琢、粉饰，甚至编造、制造情节和故事，使人物失真。

（二）对人物要了解到位，认识到位，把握到位。了解到位就是对人物的了解不仅要全面，还要准确。认识到位就是对人物不仅要看到其外表和行为，更要看清其思想和本质。把握到位是指不仅要让人物形象丰满起来，树立起来，还要把握好分寸。

（三）要客观看待人物。这一是不能事先在脑子里给人物画像，如果事先给人物画像，有了这个人是个什么样子，那会影响自己的采访和对人物的一个基本把握；二是要看人物的主流，把握人物的主要特点，但也不能忽视人物的其他，否则写出来的人物就会走样，会让人觉得不太像。

陈启文先生在他的《关于报告文学的人物刻画》中说：

　　报告文学不同于小说等虚构文体，但报告文学也是文学，文学即人学，必须具有鲜活生动的人物形象。不同的是，小说对人物形象可以任其想象、虚构和塑造，而报告文学必须严格地恪守真实性原则，既不能虚构，又不能放纵自己的想象（创造性想象），更不能采用移花接木等小说笔法。

　　……

　　人物、情节、环境，在文学教科书中被视为小说三要素，但这并非小说的特权，报告文学也可以运用典型事件、细节、环境描写来衬托人物，刻画真实的人物形象。但同小说相比，这种"典型化"也是有本质的区别，"典型"对于小说来说是塑造出来的，对报告文学而言则是从真实的人物中选择出来的。

　　……小说的虚构是创造性想象，而报告文学则是再造性想象，这种想象也可谓语言的艺术。……一部优秀的报告文学作品，不但要靠语言来承载所要报告的事实，还必须依靠充满了活力、具有生命的特性人物形象，把读者带到你所描述的现场，如同直面你所描述的人物。只有把人物形象写活了，这个报告文学才是活的。

第十一章
怎样写好报告文学的想象及议论和抒情

文学是离不开想象的，是想象让文学插上了翅膀，让文学变得无比美妙。文学也需要议论，是议论让文学变得更加深邃，更加深刻深，让读者从中更好地获得启示，受到教益。文学还需要抒情，是情感让文学更温暖，更温馨。

一、怎样写好报告文学的想象

没有想象就没有文学，也没有报告文学。想象不等同虚构，报告文学需要真实，但不等于报告文学不需要合理的想象。因为一来报告文学写作的对象是已发生过了的、有了一定的时间跨度；二来作者对写作的对象不可能真正做到全面了解，或是本身就无法全面了解，总会有一些遗漏。

茅盾曾这样说："不但小说的故事和人物应当经过艺术概括，就是特写乃至介绍劳动模范的文学小品也应当允许作者发挥想象力——当然，这必须是合情合理的想象。"

基希先生说："事实对于报告文学作者只是尽着他的指南针的责任，所以他还必须有望远镜和抒情诗的幻想。"这里所提到的"抒情诗的幻想"就指的是合理想象。

著名报告文学作家理由曾说："我写过马德里体育宫，但我没有到过；写过巴黎铁塔，但我没上去过；写到过闺房儿女私话，但本人保证没有去偷听过。写这些内容，如果排斥、离开了想象，还怎么写？"可见要写好报告文学，合理的想象是需要的。

"1949年9月底的一个夜晚，英吉利海峡的朴次茅斯港口，有一个身材高大的中国人，快步踏上了一艘开往法国的渡海轮船。当他穿过英吉利海峡的迷雾，迎着海风走上甲板的时候，可以看见脚步稳重、矫健；他每步的跨度总是零点八五米，这是他多年从事地质工作、长期在野外考察养成的习惯……这位用准确尺寸走路的人，就是李四光。"这是《亚洲大陆的新崛起》的开头一段。据作者黄钢在《采写李四光的体会》中说，李四光从英吉利海峡回国，搭船的港口就有三种说法，更不用说那天的海峡有没有迷雾、海风，以及他是不是每步零点八五米的跨度了，而是根据那一带港口资料和采访来的关于李四光的生平经历和生活习惯的材料，经过分析判断写下来的。这就运用了想象，这依据真实材料所进行的合理的想象既再现了当时的情景，不违反真实，又加强了艺术效果。

想象在报告文学中的运用主要是以下两个方面：一是报告文学的整体构思离不开想象。如黄宗英的《大雁情》就整体很好地运用了合理想象。作者从作品所写的主人公秦官属在长城上看大雁这一生活现象得到启发，展开想象，从长城的大雁到西安植物园附近的大雁塔，及古代的神话传说——大雁长途跋涉，历尽艰辛，驮着又饿又困的唐僧取经的故事，归结到在四化建设中也要发扬这种大雁精神。文章以眺望大雁北去发感叹，以作者自己梦见大雁呼喊："快——研究研究"结束全篇，既歌颂了以秦官属为代表的知识分子的"大雁精神"，又借大雁发出了应该尽快落实知识分子政策的呼声。又如，夏衍的《包身工》把包身工的生活浓缩在一天二十四小时里，徐迟的《在湍流的涡旋中》把周培源在科学和政治涡旋中奋进的一生，写进他心潮澎湃的那个夜晚的回忆之中，这都是在艺术构思过程中充分运用想象的结果。二是一些场面、情景等的再现，以及细节、人物心理等的描写，往往也要以事实为依据，通过想象达到"形象复原"，加强艺术效果。《亚洲大陆的新崛起》开头一段就是典型的例子。

那么，报告文学的想象有哪些？主要有以下三类。

（一）纵向想象

报告文学的作者对所写的人和事不可能全面经历，亲见亲闻。有一些细节，如人物曾经说过的某些话，曾经发生过的某些心理活动，在事过境迁以后，本人也未必能很具体、很准确的复述出来。作者采访本上记录的往往是粗糙的、简单的、断裂的，在这种情况下，作者有权借助于想象，使素材充分起来、丰富起来。为了写好一些细节，作者还可以根据调查、采访，包括阅读一些文字材料所得到的各种资料，对所描写人物、事件的社会环境、社会背景、心理活动等加以渲染，可以在事实的基础上做一些推想，进行追忆，但必须合情合理。

（二）横向想象

就是由此及彼，或是一对一地将此事物与彼事物、这个人与那个人联系起来，或是一对多的，以一点为中心向四面散发开去，与多个事物或多个人联系起来，在想象中揭示出事物的本质，或人物的内心世界，等等。

（三）组合想象

报告文学要把生活中得到的零碎的、片段的材料组合成一个完整的文学作品，那就要运用多种文学手法，描写事件，刻画人物，将生活升华为艺术，这就需要把多种想象组合起来运用。

想象和联想有着密切的关系。联想往往是想象的前提和基础，许多的想象就是由联想带动的、带来的，触发的、引发的。

值得注意的是，报告文学写作的想象与小说创作的想象是不同的。小说创作的想象是故事情节的生发和创造，而报告文学写作的想象是情节的找回和再现。前者是创造想象，后者是再造想象。

还要牢记的是，报告文学的想象必须是建立在真实的基础上，合情合理地想象，想象得合情合理，不能离开事实的轨道，必须严格依据事实材料，严格维护所写人物、事件的真实性，绝对不允许超出事实本身所允许的限度去无边无际、天马行空地想象，超出了界限便是虚构，而虚构和报告文学是水火不相容的。

二、怎样写好报告文学的议论

小说最忌讳，也很少有作者的议论，"倾向应当从场面和情节中自然而然地流露出来，而不应当特别把它指点出来。"而报告文学肩负着向读者"报告"的任务，政论性是其重要特点之一，它可以也应该也必要向读者报告，或明或暗或直接或间接地表达作者的观点，因此在报告文学中常常出现作者的议论。

（一）议论在报告文学中有哪些作用

1. 揭示本质，帮助读者认识事物；

2. 直抒胸臆，表明作者对事物的态度；

3. 点明题意，阐发作品主题；

4. 开拓视野，深化作品思想；

5. 穿针引线，串联衔接整个作品。

（二）议论在报告文学中有哪些要求

1. 要深刻。报告文学中的议论，往往带有一定的哲理性，它是作者对社会本质透视的总结，对人生洞察的灼见，是作品主题的结晶，帮助读者从感性认识向理性认识飞跃，提高人们的道德修养和审美能力。

2. 要精练。报告文学的议论应该是画龙点睛式的，不在议论长短，而在于精。报告文学的议论不像论文那样在提出论点后要展开论证，而往往就所描述的事实做出论断。

3. 要有情。报告文学的议论应该以情动人，往往是作者在叙述事实时，为它所感动，其感情不能自抑而发出的。

4. 要具体。议论不能空洞，要以事实和形象为基础，结合具体形象来展开，并落到事实和形象上来。

5. 要适时。议论要出现在叙事写人的高潮处，应该是行文至此，情不自禁地发出议论，是水到渠成、瓜熟蒂落。

（三）议论在报告文学中主要有哪几种方式？

1. 政论式议论。报告文学一般本身写的就是当前的重大社会事件、主要人物或社会问题，并在作品中对事件和问题或对人物进行评论。如陈祖芬的《祖国高于一切》就具有强烈的政论性。作品中的王运丰在南京发现外国某公司提供的电子计算机是套拼凑的旧设备，提出"不能听任外商欺骗"，而那里的领导竟不许他讲话，说什么"客人是我们请来的""我们已经验收了，货款已经支付95%"。这时王运丰还背着"德国特务"的黑锅，只能对这种奴颜婢膝表示震惊，而作者陈祖芬的愤怒却爆发了，"这么奴颜婢膝！是啊，往往越是真心实意地学习外国先进技术的人，越是有自信力和奋发的精神，而排外的人，往往走向局外。科学使人高尚，无知使人格萎缩。"后来，王运丰的勇敢战胜了外商的欺骗，外商只得同意交一套新产品，说："你们中国还是有人才的。"陈祖芬写到这里，接着外商的话又直接发议论了："还是有人才的？仅仅'还是'？不！我们有的是人才，但是在我们这块充满着人才的土地上，还延续着一种扼杀人才的习惯：有些掌握科学而不掌权的，得服从本单位掌权而不掌握科学的，有些想干且知道怎么干的，得服从不想干且不知道怎样干的。在两种对立的精神品质的阴错阳差、东拉西扯中，人才还在给消耗着，但是人们往往不震惊，不愤怒，因为这一切都已经习惯……当我们很多人恨不得把每一分钟拉长的时候，偏有一些人在把每一分钟掏空。制造冤案的时代过去了，但是那种因循守旧的习惯，却像幽灵似的戏弄着勤勤恳恳的人们。"陈祖芬在 1980 年冬天发的这番议论，是从王运丰的遭遇中引发出来的，说得何等深刻、何等及时！

2. 描写式议论。这一般是通过对某一事物生动的描绘，托物寓意。如张锲在《热流》一文中写道："人民要前进，正像小草要生长一样。不管经多少雪压霜欺，受多少火烧棍打，春风起处，小草又勃勃地生长起来。"

3. 抒情式议论。这形式上是抒情，但落点在议论。如夏衍在《包身工》一文中写道："索洛警告美国人当心枕木下的尸骸，我也想警告这些殖民主义者当心呻吟着的那些锭子上的冤魂。"

议论往往是叙事写人进入激动人心的高潮时，常常因作者的感情难以抑制，情不自禁地喷发出来；而读者读到这里，也会感情激动，看到作者的议论会拍案叫绝，觉得说出了自己的心里话。因此，这样的议论往往是作者、读者共同发出的心声。如"多么纯真的思想，多么可爱的品格！这就是我们一个不到二十岁的姑娘，站在欧洲击剑台上，经过独立的判断迸发出的心灵的火花！……我们应该为有这样毫光四射的年轻一代而骄傲。"（这是《扬眉剑出鞘》的作者理由写到栾菊杰负伤，决定继续比赛时，情不自禁地发出和议论）又如夏衍在《包身工》一文中写道："看着这种饲养小姑娘谋利的制度，我不禁想起孩子时候看到过的船户养墨鸭捕鱼的事了。……但是从我们孩子的眼里看来，船户对墨鸭并没有怎样虐待，而现将这种关系转移到人和人的中间，便连这一点施与的温情也已经不存在了。"

但是，报告文学的议论必须紧扣事件和人物，以生动的艺术形象作基础，否则议论就会落不到点上，飘浮在空中，或是空洞无物，缺少实际内容。

三、怎么写好报告文学的抒情

文学作品都需要情感，缺乏情感的作品会显得干涩，生硬，会色彩单调，光泽暗淡，而情感充沛的作品会显得生动圆润，亲切可人，回味悠长。报告文学虽然强调真实，但跟所有的文学样式一样，无论是叙述事件还是刻画人物，都总是带着作者的思想倾向和情感的，只是有的作者的思想倾向和情感比较隐晦，比较含蓄，自然地糅合在行文之中，而有的则比较显露，比较直接，直抒胸臆地表达出来。黄宗英写了很多优秀的报告文学，都是带着发自内心的感情写成的。夏衍认为她写得最好的还是20世纪60年代的《小丫扛大旗》和《特别的姑娘》。这是作者下放期间和所写人物共同生活、同甘共苦，有着不同寻常的感情的缘故。

刘国强的《罗布泊新歌》是一部工业题材的报告文学，专业性强，为了自己好写，读者好读，作者选择了一条"优美地抒情"的创作路径，从头到尾都洋溢着情感。作品写的是我看到的、我听到的、我想到的。"我看到的"是"我"在采访现场的所见，富有现场感；"我听到的"是与采访对象的交流，获取大量的第一手信息；"我想到的"是"我"对人、事、物发表自己的看法，表达自己的情感。"我想到的"部分特别充分、特别饱满，作家激情四溢，全方位而从容地调动自己的感官、知识和才情，语言铿锵，诗意充沛，诗性富足，扑面而来，给罗布泊这个地方，给国投新疆罗布泊钾盐有限责任公司这群员工的身上，投射了一道道诗意的光芒。

如"整个楼兰城，像被橡皮反复擦过多次的铅笔作业，看不出原来写了什么字。""车轮是大戈壁的软柿子，走一路捏一路，捏不碎的才能继续前进。""我仔细观察了晏河新，矮个儿，身材瘦削。那双大眼睛特有神，晶光闪亮，我猜想，各种设备的毛病都逃不过这双眼睛。若把这双眼睛比作'上联'，'下联'便是那双结着厚茧的手，百斤硝酸钾镁袋子，提起就走！"这些饱含情感的句子让作品增光添色，也让一个硬题材变得生动起来，灵动起来。

小说一般不直接抒情，是借小说中的人物来表达作者的情感。散文和诗歌，特别是诗歌以抒情见长，抒情是其重要的表达方式。报告文学可以抒情，也需要抒情，但抒情一不是主体，大多只是点缀，只是锦上添花；二要紧贴事件和人物；三要有真诚真挚。

此外，在一部优秀的报告文学作品里边，想象、议论、抒情往往不是单一存在的，而是与叙事有机糅合在一起，起到以事感人、以情动人、以理服人的效果。如：

　　同志们，用不着烦琐地举例，你已经可以了解到我们的战士是怎样一种人。这种人是什么一种品质，他们的灵魂是多么的美丽和宽广。他们是历史上、世界上第一流的战士，第一流的人！他们是世界上一切善良的爱好和平的人民的优秀之花！是我们值得骄傲的祖国之花！我们以我们的祖国有这样的英雄而骄傲，我们以生在这个英雄的国度而自豪！

　　亲爱的同志们，当你坐上早晨第一列电车走向工厂的时候，当你扛上犁耙走向田野的时候，当你喝完一杯豆浆，提着书包走向学校的时候，当你安安静静坐到办公桌前计划这一天工作的时候，当你向孩子嘴里塞着苹果的时候，当你和爱人悠闲散步的时候，朋友，你是否意识到你是在幸福之中呢？你也许很惊讶地说："这是很平常的呀！"可是，从朝鲜归来的人，会知道你正生活在幸福中。请你意识到这是一种幸福吧，因为只有你意识到这一点，你才能更深刻地了解我们的战士在朝鲜奋不顾身的原因。朋友！你是这么爱我们的祖国，爱我们的领袖，你一定会深深地爱我们的战士，他们确是我们最可爱的人！

——摘自魏巍《谁是最可爱的人》

又如：

当我走出书房时，我泪水还没有完全止住，妻子和女儿看着我，问我怎么了，我说没什么，就是刚才看报时又想起了今春抗疫中的一些人和事，为他们伤感着、伤心着，但更多的是感动着，激恩着。

这个春天尽管有疫情，但春天的脚步一样坚实，一样春意盎然，一样春色满园；这个春天尽管有无数的泪水和苦楚，有无尽的忧伤和悲痛，但更多的是喜悦和欢乐，是信心和希望，是光明和未来！

这个春天将深深地刻在我的记忆里，刻在你的记忆里！

——摘自胡小平《春天的记忆》

第十二章
怎样选择好报告文学的题材

因为报告文学往往强调题材的重大、"独创性或首创性"，强调"时代精神""宏大叙事"与"社会价值"，并把这作为评奖等活动的重要标准或依据，也就有了报告文学不在于"怎么写"，而在于"写什么"，"写什么"比"怎么写"更重要，有了"七分题材三分写"的说法。这尽管有点夸大，却说明了报告文学选择好题材的重要。

报告文学题材选择的重要性是报告文学本身的特点决定了的，同时从我国报告文学发展的脉络也可以看出来。从早期瞿秋白、邹韬奋等的域外通信和夏衍、茅盾等的现实题材作品，到刘白羽、魏巍等的战地报道，再到新时期以来形成的科教报告文学、改革报告文学、问题报告文学、生态报告文学和史传报告文学等中那些经典作品，大多都是重大题材，又是首次写成报告文学。

一、报告文学的题材选择要注意什么

报告文学要求写真人真事，但并不是所有的真人真事都能写成报告文学。这就意味着有的可以写，有的不能写，有的值得写，有的不需要写，这就有了一个题材选择的问题。那选取题材要注意什么呢？

（一）时代性

报告文学因其新闻性而大多是反映现实生活，写的是现实题材，这就要求报告文学的题材具有时代性，描写现实生活，揭示时代本质，体现时代精神，对某一局部或全局，甚至对整个社会具有积极的思想意义和指导作用。一篇好的报告文学，它能及时回答人民群众最关注、最关切的问题，充分表达出人民群众的情绪、声音，反映出时代的变迁、变化和精神风貌。

（二）典型性

报告文学的典型性一是指题材要具有一定的社会普遍性，或者说是要具有一定的社会代表性、示范性，具有一定的社会价值和意义；二是报告文学的典型与小说、戏剧等的典型不同，小说、戏剧里的典型可以通过虚构来塑造，而报告文学不能虚构，它的典型意义完全靠真人真事的本身来表现，这就要求作者在选取题材时应选择具有独立完整典型意义的题材。

（三）形象性

报告文学毕竟是文学，这就要求一是选取的题材要是生动感人的故事，有特定的形象可写，而不只是一些普通的素材的堆砌；二是作者要善于选取那些感人的情节、动人的场景、生动的画面、鲜活的语言等构成文学形象，来反映时代风貌，体现时代气息，表现时代精神。

二、怎样处理好报告文学题材的几个重要问题

（一）现实与历史的问题

一方面，报告文学要求迅速及时反映生活，题材要讲究时效性，特别是写重要会议、突发事件、战争进程、体育赛事等题材时，那时效性更强，如果不及时写出来，不及时发表，那就会削弱它们的新闻价值和社会效应；另一方面，有些历史事件和人物，由于条件的限制，大家过去并不知道，而现在读者仍然感兴趣，这些题材仍然具有新闻性，仍然有新闻价值，仍然值得去写。这就是说报告文学并不是只能写现实，不能写历史，但应该主要是写现实事件和人物，而且就是写历史事件和历史人物，也应该是立足现实，服务当下。

有趣的是，在中国报告文学的发展中，史传报告文学不但数量多、分量重、影响广，而且至今方兴未艾。史传报告文学大多都是历史、人物与

哲理的有机统一。如《中国海军三部曲》就是以长篇系列的多卷本形式，通过众多典型历史事件与历史人物的集中描述，在全面、系统地再现中国海军自清末至本世纪初一百多年非凡历史的同时，又以当代意识与科学理性对历史进行严肃考问与现实批判，从而给人以深邃的哲理启示与独特的审美享受。

（二）名人与普通人的问题

名人往往是某一方面的代表人物，总能引起社会和读者的关注和兴趣，也是报告文学写作的主要对象之一，但名人名家毕竟只是少数，普通人是大多数。报告文学既要写名人，更要写广大人民群众的生动事迹。实际上，普通人的事迹并不普通，平凡之中孕育着伟大，在普通人中有更多鲜活的、美好的东西值得我们去写。

（三）大事与小事的问题

有的人只看重大事，只追踪大事，只书写大事，认为只有大事才能引起社会的关注，产生相应的效应。然而大事毕竟只有那么多，更多的是小事，何况往往小事不小，常常小事就是大事，往往更能引起社会的普遍关心和关注。因此，我们既要关注大事，也不能忽视小事，既要写大事，也要写小事。

（四）重大与一般的问题

重大题材是指表现社会重大变革和重大事件的题材。写重大题材如果成功了，那影响力是比一般题材要大得多，获奖的可能性和机会也要多得多，但重大题材相对较少，采访和写作难度都相对较大，有一定的多方面的风险，因而不少人对重大题材望而生畏。

（五）歌颂与暴露的问题

报告文学无疑地一方面要对美好的、阳光的、先进的人和事进行歌颂，以鼓舞人，激励人，给人以信心和力量；另一方面也要对丑恶的、阴暗的、落后的进行暴露，以警示人，鞭策人，让人从中受到启发和教育。只是无论是歌颂还是暴露，都要注意辩证地看待社会，看待人物和事件，要多看社会的主体和主流，要让读者看到光明，看到希望。

（六）局部与全局的问题

写报告文学不要拘于一点一地，可以立足于某一点某一地，但要面向更广阔的空间，虽然写的是局部，但体现的要有全局意义。如《油茶飘香》就是以湘潭县的月塘村和霞峰村为点，以点带面，写出了"世界油茶看中国，中国油茶看湖南"的大的格局。

三、怎样发掘报告文学的题材

报告文学的题材不同于其他文学式样，特别是不同于小说和诗歌，因而报告文学的题材发掘也就有了自己的方式和途径，主要有以下几种：

（一）关注新闻，从新闻中发掘题材

现在关注新闻的渠道很多，既可以从传统的报纸、电视、电台等看新闻，听新闻，也可以从电脑上、手机上、网络上看新闻，听新闻，而且随时随地可以获取新闻，不再受到时空的限制。一些重大事件和一些有重要影响的人物的信息往往是从新闻中得来的，而这往往就是报告文学写作的好题材。

（二）广泛阅读，从阅读中发掘题材

这包含两个方面，一是从阅读中获取某一事件或人物的信息，这事件和人物有写出来的价值，但还没人去写；二是这事件和人物虽然有人写过，但写得还不充分，还不饱满，或是事件有了新的进展，人物有了新的进步，自己在阅读中又有了新的理解，有必要再写。如李桃辉的事迹当地媒体的记者早已有了报道，当我了解李桃辉的情况之后，觉得这些报道还有些单薄，有必要把李桃辉的事迹向更高的层面更广的地域传播，便写了人物通讯在省媒和央媒发稿，之后又觉得有必要，也应该以报告文学的形式来刻画李桃辉这个形象，就又写了报告文学《爱的奉献》。

（三）做有心人，从交谈中发掘题材

徐锦庚在他的《一篇"插柳"之作》中说，某某"当过党校老师，是个笔杆子，爱舞文弄墨。我给他出主意，以懒汉为例，写篇农村工作心得，我帮他发表。他欣然应允。然而，几个月过去，没见动静……打电话催他，他支支吾吾，先是推托忙，后来说实话：几次提笔，不知如何开篇，实在难把握。正理屈词穷、东躲西藏时，他忽然耍起了回马枪：对了，你这么了解他，不如你亲自写，对对，就你写！你最合适！没容我接招，他已挂了电话，逃之夭夭……往事如潮，喷薄而出。懒汉活色生香，在我面前晃动，让我按捺不住。'我涌起一阵冲动，要为这个小人物立个传'，于是，打开电脑，敲起键盘"，也就有了《"懒汉"治村》这篇优秀的报告文学。

2021 年 6 月，在参加湖南省作协第九期专题文学（生态文学）研修班（由湖南省委宣传部指导，湖南省生态环保厅、省水利厅、省林业局、省作协联合主办）学习期间，我在与省生态环保厅和省林业局的专家交谈中，了解到"世界油茶看中国，中国油茶看湖南"，油茶不仅是很好的经济林木，还能改善生态环境，便放弃了拟写洞庭湖治理或株洲清水塘工业区整体改造的计划，转而决定写油茶，后又在与金洁等人的交谈中，初步了解了李运其和许智雄等人的情况，更坚定了写油茶的决心，也就有了《油茶飘香》。

（四）两眼向下，从生活中发掘题材

要多深入基层，深入一线，善于以小见大，善于概括和提炼，从普通中发现不一般之处，从平凡中看到不平凡的地方；要热爱生活，敏感而冷静地观察生活，善于发现生活中的热点和亮点及痛点和难点，辩证地看待生活，敏捷而客观地反映生活。

在题材的选取和处理等方面，下边《是谁美丽了龙池河》这个短篇报告文学值得一看，可以借鉴。

是谁美丽了龙池河（节选）

◎ 胡小平

龙池河，一个美丽而富有诗意的名字！

龙池河，湖南省西北部的地理"屋脊"！

可是，这里虽然有一个美丽的名字，有连绵的山林，有清澈的河水，有翠绿的茶园……却因为山深路险，交通不便，因为偏僻闭塞，贫穷落后……成了一个有名的贫困村。

然而，2018 年的晚秋时节，当我带着好奇和疑惑，带着敬意和钦佩，前来龙池河村探访的时候，看到的却是厚实的水泥路通到了家门口，洁净的山泉自来水接到了灶台前……新房一栋接一栋地建起来了，现代化的茶厂建成投产了……贫困村的帽子已然从龙池河村的头上摘了下来。

"哎呀，这变化真大，比我想象中的可大多了。"茶园里，一个在这里采访的记者跨上大石块，举起相机，朝四面"咔嚓"了一遍，跳下来，边说边让我看镜头里的景致，"你看，这可是真真切切的，不是在梦里哦！"

"是啊，没想到，我也没想到的，这变化会有这么大！"龙池河村老支书向春明边说边指点着公路和茶园。

"要说变化，那可说是天翻地覆！"龙池河村现任村支书周训奎这样概括村上的变化。

那这变化在哪里？又是怎么变来的呢？

驻村了

"不说这几天就要来了的，怎么还没来呢？嗯，不知道来的是些什么人，来了又能干些什么？唉，也不知道哪天能来我家看看？"一大早，村民杨云辉又站在家门口边打望边喃喃自语着了。打望了一会儿，见没有动静，他一声叹息，缓慢地朝屋里走去，走到门口又长长地回望了一眼。

听说扶贫工作队要来了，而且是省城的，是银行的，村民们是既兴奋、期待，又担心、疑虑，或和杨云辉一样，每天在家门口打望，或跑到村部去问，看哪天能来，或老跟人打听，问来了没有。

2015 年 4 月 8 日，这是一个好日子，一个会写进龙池河村村史的日子，一个会让龙池河村村民永远铭记的日子。

这一天，中国银行湖南省分行（以下简称省中行）精准扶贫工作队进驻了龙池河村，开启了为期三年的驻村帮扶工作。

扶贫工作队的到来，让山村一下沸腾起来，热闹起来。"扶贫队进村了！""他们真的来了！"这一时成了村上的流行语。村民有的还特意下了山，跑到扶贫队的驻地，要看看队员们长的什么样子，要问问他们带来了什么，会干些什么，怎么干，是住在村上还是镇上，会住多久……队员们也从村民的脸色、眼神和言语中感受了身上的责任重大，未来扶贫路上的困难和艰辛。

干什么？怎么干？

扶贫队首任队长刘启完想起了出发前，省中行魏国斌行长语重心长地跟他说的话："这扶贫不仅是政治任务，也是百年中行的使命和担当。村民的心声，就是我们帮扶的方向，让村民脱贫致富，那就是我们的责任！"

讨论了一个晚上，扶贫队达成了共识。刘启完跟队员认真地说："既然组织把这个担子交给了我们，既然我们来到了这里，那哪怕困难再大，矛盾再多，我们也必须挺起腰，挑起这副担子，努力去改变这里的面貌……而要改变这里的面貌，首要的就是摸清情况，制定帮扶方案。"

走访了村上的每家每户，扶贫队摸到了这样一手情况：龙池河村位于湖南省石门县壶瓶山镇西北部，海拔 350—1218 米，是典型的高寒山区；全村 5 个村民小组，共有 296 户 1021 人；全村有贫困人口 196 户 576 人，人畜饮水困难人口 135 户 483 人，交通出行困难人口 206 户 679 人；全村亟待改造的土坯及老木危房户 107 户，有待硬化的通组简易公路有 13.43 公里……

在走访中，队员们听到了，也看到了，村民近期最热切改善的是交通等基础设施建设，而长远发展中最关切的是能否实现茶叶的产业化。

"来了好是好，可你们不能才点个火又走了。"

"你们不就是来送点钱，送点物资，慰问几户人家吗？"

"扶贫队，扶贫队，时间一到又撤退！"

在走访中，面对一些村民言语中流露出来的疑虑和担忧、不屑和戏谑，队员们不辩解、不空谈，只是认真倾听、详细记录。

杨云辉和丁石高等村民都看在眼里，也感受到了队员们身上的某种不一样。

走访完后，在首次向村民代表征询帮扶方案意见的会上，刘启完站了起来，有些激动地说："我们扶贫队就住在村上了，不会住到镇上去，而且是常住这里，会天天和大家见面……还请大家放心，只要龙池河不脱贫，我们扶贫队就不撤退！"见他这么掷地有声地一说，村民代表们先是惊诧，接着是热烈地鼓起掌来。

在广泛听取民意的基础上，扶贫队制定了《2015—2017 三年驻村帮扶工作规划》，并报经省中行党委批准，又经村支两委和村民代表大会通过，在村部张榜公布，将帮扶的重点明确为：强化村级组织建设；拓宽村级主线公路；完成安全饮水工程；推进茶叶有机转换；贯通村民小组公路等八个方面。

这规划就是美好生活的蓝图，也是催人奋进的号角！

路通了

"唉，这没有路，要去镇上买个什么，或是走个亲戚什么的，大半天还在山里转，平日里倒也还好，无非是不方便，多走点路，多耗费点时间……最让人焦急的是，要是遇到有难产或是病重的人，那也只能靠几个青壮年抬着下山，可那走得慢，路又远，曾经就有老人没等抬下山就走了，也有产妇在下山的半路上就去了。"村民李大爷望着一眼望不到底的山，说着眼睛就湿润了。

"说起来，你也许不相信，直到现在，村上还有不少的人没去过县城，特别是那些上了年纪的人……当年我去县里开会，因

为没有路，不通车，有一回是走了四天四夜。"说到路，向春明
也是摇头叹息。

"不瞒你说，这山里到处都是宝……我们自己有一双手，一
碗饭还是能搞得到，怎么也饿不死，但要修这个路，那我们就真
的是没有能力自己来修了。"杨云辉道出了众多村民的心声。

龙池河村海拔从 350—1218 米，高低垂直差距 868 米，加上
山势陡峭险峻，修路成本高昂，村里就一直没有一条像样的路，
村民们出行只能靠双腿，运输物资靠肩挑背负。

而八峰山上的村民们下山一趟，就是一身轻快，走路也要两
个小时，要是雨天，山路泥泞湿滑，走不动，那费时就更多了，
有时碰上塌方，或是有石头滚落，还十分危险。

每每一说起这路，村民们是满肚子的苦水，也是满怀期待，
常有梦想。

队员梁忠贤在逐户走访村民时，对道路不通的不便和山路陡
峻的艰险是深有体会的。连日走访的那一个多月里，他每天都在
山里转来转去，爬上爬下，多的时候一天要走近 30 公里，少的
也有 10 多公里，不到半个月，鞋子就磨破了，手上脸上都留下
了印记，或是石头碰的，或是枝头刮的。

扶贫队和村干部一再商讨、论证，再经村民代表表决通过，
扶贫队将修路列为帮扶的头号工程，头等大事。

修路架桥，这是村民们多少代人的梦想，也是现今村民们最
期待最迫切的心愿，自然是得到了村民的拥护和支持。于是村民
们齐声叫好，出力的出力，让地的让地，撸起袖子，热火朝天地

大干了起来。

2015年，扶贫队筹资80多万元，拓宽硬化了从扶瓶山镇到村上的7公里通村主干线；2016年扶贫队又筹资321万元硬化了7.1公里的通组公路和茶园田间道；2017年扶贫队计划筹资210万元，继续对通组和通户公路及茶园田间道共计5.73公里进行硬化。

由于山势陡峻，施工难度大，成本高，到了工程后期，资金一度出现了缺口，工程一时停了下来。这可急坏了那些眼巴巴盼着公路通到家门口的村民，也急坏了村干部，更急坏了扶贫队第二任队长许可。无奈之下，他只好忐忑不安地回到省城，走进了省中行魏国斌行长的办公室。听了他的汇报，魏行长沉思了一会儿，深情地说："对我们来说，那只是几十米，或是百来米的路，可对那些盼着通路的村民来说，那可能就是几年，甚至一辈子的事了。这路得通，一定得修通，不能让村民失望，资金上的缺口，我来想办法。"

听着魏行长的话，许可眼睛湿润了，决心更大，干劲也更足了。很快，工地上的机械又欢叫起来，公路朝山间一家家延伸过去。

周训奎告诉我，截至2017年9月，全村硬化道路对村户的覆盖率已经达到了95%，大大超过了预期。

小车沿着公路往上爬，由于路陡，有时还真担心车子会来一个后滚翻，由于山险，我不敢多往路边看，下边多是悬崖峭壁，由于弯多，坐在副驾驶位上的我，一时在悬崖下方，一时又在绝壁上了。我抓着把手，不停地跟司机说，慢点，慢点。司机却开得轻松，开得欢快，总是说你放心，没事，有这样的好路，是我过去做梦都想不到的。

在山顶，我下了车，边看边顺着路往前走。一辆红色的三轮车迎面开了过来，我朝司机扬手问好。三轮车在路边停下了，司机跳下车，快步走过来，问我是不是要搭车下山。我说不是，又问他这路这么陡，弯那么急，开这三轮车上上下下的，是不是有点紧张。他嘿嘿一笑，说没问题，早习惯了，又指着路对我说："搭帮扶贫队帮我们修了这条路，要没有这条路，我就不会买这车，就会还在外面打工，家里就会没人照顾，一家人的日子就不会过得那么好。"停了一下，他又说："这路可不只是通车的路，更是一条脱贫的路，致富的路。我是从内心里感谢党，感谢政府，感谢中国银行，感谢扶贫队。"他双手合拢，摇了摇，一脸的笑意，满眼的真诚。

站在山巅，我俯瞰山间时隐时现的灰白色的公路，想起这路修上来是多么的艰难，多么的不容易，仿佛听到了开山放炮的声响，看到了队员和村民一起抬石头的身影……对扶贫队员和村民们的敬意油然而生。

……

房建了

不要扶贫队的队员随行，也不要村上的干部陪同，我和两个记者结伴沿着路往山上走。路边的芭蕉高大葱绿，茶园的茶香扑鼻而来。

拐过一个弯，山坡上一栋白墙红顶的房屋赫然入目。有记者提议过去看看。我说那看看就走，不多停留。

刚走到屋前的地坪里，一个中年男人低着头，手上拎着一把锄头从屋里走了出来，应该是在想着什么。我朝他问了一声好。他猛一抬头，见是我们，先愣了一下，接着就热情招呼我们上屋里坐。我说不进屋了，我们只是路过这里，顺便过来看看。他说都到了屋门口了，要不进屋喝口水，别人都会说的。我跟记者交换了一个眼色，决定在这里停一会儿，跟他聊一聊。他领着我们在屋里一间一间地看过去，又看了屋前屋后。

我们一字排开，坐在地坪上的小木椅里，跟他边聊边晒着太阳。他说他叫丁石高，今年55岁，老房子早已破烂不堪，在屋里也是晴天晒太阳，雨天要打伞，扶贫队来了以后，帮他申请了危房改造，得到了3.5万元的政府补贴，又在扶贫队和村上的帮助下，把这新房建了起来。这房子圆了他几十年的新房梦，再也不怕日晒雨淋了。

"说句内心话，在这山里头，只要人不懒，弄口饭吃是不会有什么问题的，但要建这样的房子，就靠我自己，那是怎么也建不起来的。"丁石高看了一眼房子，"要不是有政府的好政策，要不是有扶贫队的帮助，这房子我就只能是做梦了。"

丁石高告诉我，目前村上已有45户130人享受了危房改造，16户46人享受了异地搬迁，61%的贫困户住上了新房。

丁石高的爱人端来了几杯热乎乎的茶。丁石高说这茶是自己茶园里采摘的，又是自己炒制的，泡茶的水也是山上引来的自来水，放心喝就是。

我先闻了闻，再抿了抿，接着连喝了两口，说好喝，又香，还有淡淡的烟熏味。记者们也点头说是。丁石高和他爱人对视一眼，都开心地笑了。

丁石高指了指屋前山坡上的茶园，说他去年还领到了扶贫队免费送给他的茶苗和青钱柳苗，现在家里已经有了近10亩的茶园，今年的收入应该可以上万，明年茶的出产会更多一些，收入也会增加。

起身告辞的时候，丁石高的爱非要送我们每人一小包茶叶，说带回去，给家里人也尝个味，又说今年做得不多，明年多做一点儿，你们来了，就多拿一点儿回去。

送我们到了路口，丁石高就扛着锄头进了茶园。他说在霜冻之前，还得给茶树施点肥，让茶树好过冬。

走在水泥路上，沐浴着晚秋的阳光，望着点缀在山间的一栋栋的新房，和那一只在天空翱翔的老鹰，我情不自禁地吟诵起了刘禹锡的诗句："自古逢秋悲寂寥，我言秋日胜春朝。晴空一鹤排云上，便引诗情到碧霄。"

那蜿蜒的路，那红顶的房，不就是一首首诗吗？

茶香了

路通了，水来了，4G有了……村上的基础设施建设基本解决了。

而怎么增强村上的造血功能，增加村民的收入，怎么让村民共同走向致富路，不让脱贫了的再返贫，这又成了摆在扶贫队面前的重大课题。

"嗯，茶叶，就茶叶！"

"对，是茶叶，也只有茶叶！"

扶贫队和村干部都认为茶叶就是村上致富的希望和未来。村民就产业发展投票时，绝大多数首选的也是茶叶。

许可解释说，由于龙池河村在壶瓶山国家级自然保护区内，产业发展中面临许多限制因素，如不能开发利用地下矿产资源，不能大规模发展养殖业，不能新建厂房和企业等。

龙池河有种茶的传统，是有名的"宜红"产区之一。壶瓶山镇就是当年茶马古道上的一个重要结点。这里的地势、土质、气候都适合种茶，种茶有得天独厚的条件，留下来的老茶园、老茶厂尚在，深山中还有上百年的老茶树。但过去由于交通阻塞，又信息不畅，一直难以发展起来，不能形成产业。

"以前山上路不好，采了茶只能用肩挑背负或是用骡子运下来，要么就是用草袋裹着滚下来，但时不时地会滚到河里，浸了水，或是滚散了，落了一地。到了山下，再由人背着去壶瓶山镇上。一路上要歇息好几回，大部分人是自带干粮，等到了有人家的地方再借个火，吃点东西。唉，那又劳累，又费工夫，还不赚钱，不划算。"向大爷摇摇头，吸了一口烟，指了一下路，又指了一下屋前的茶园，"现在好了，路通了，有车了，再不用肩挑背驮了……还有了什么有机茶，价钱也上去了，真是赶上了好时代哦！"

看准了，那就干。扶贫队在深入走访，广泛听取村民意见的基础上，与村支两委商议后，围绕龙池河村的茶叶产业实施了三大举措：一是对茶园进行有机化改造；二是建设现代化的清洁化茶厂；三是搭建茶叶销售平台。

于是，龙池河村对原有的1800亩密植茶园进行了提质改造，并新增了600亩标准有机茶园。中国银行又捐资268.8万元，对原茶厂进行扩建和改造升级，建成了现代化的全自动的高端茶叶生产线，并对高山茶园田间道路进行了改造。在扶贫队的联系和撮合下，龙池河村对接了湖南中茶产业有限公司和石门楚韵茶叶有限公司，村上的2000多亩茶园由公司实行基地式管理，并由两个公司提供技术指导和产品设计，进行定向生产加工，所生产的产品也由两个公司推向市场。2017年前10个月，茶厂的产值已达到350万元，比2015年差不多翻了番。

"这里的茶叶确实不错。"石门楚韵茶业有限公司总经理马杰领着我们，在茶园里边走边说，"早在几年前，我就看中了这里的茶叶……这里茶叶扩大生产，提升品质都还有较大的空间……这茶叶就是村民的聚宝盆。现在，田间管理好的那几户，亩产已经达到4000元左右，等茶园全部升级改造后，鲜叶产量将由现在的300万斤增加到400万斤以上，人均增收应该会超过2000元。"

"授人以鱼不如授人以渔，发展茶叶只是村里产业的一部分。"许可告诉我们，除茶叶外，针对边远的、交通不便以及家庭劳动力少的贫困户，扶贫队又因户制宜，引导这部分人群种植黄柏、厚朴、核桃、杉木等长效经济林。两年多来，已经发展此类长效经济林 700 多亩。

龙池河的产业扶贫虽然遇到了诸多限制，但扶贫队因地制宜，瞄准茶叶，干出了成效。壶瓶镇党委书记张国安感慨地说："龙池河村的产业扶贫确实不好做，但中行扶贫队做好了，通过茶叶产业扶贫，让村民实实在在地增加了收入，而且收入会越来越多。"

泪落了

山风习习，秋阳暖暖。

在龙池河村村部，我参观了省中行在龙池河村的党建教育联系基地和驻村帮扶工作队办公室。办公室的墙上一面张贴着扶贫规划和党建工作方面的内容，一面悬挂着各级政府和扶贫办等颁发的奖状、奖牌。

在村支部会议室，周训奎跟我们介绍着村里的变化，述说着扶贫队的工作。他说着说着就眼眶红了，泪水溢出来了，说话几次哽咽，几次停顿。

村主任悄悄跟我说，支书可是一条硬汉子，是难得见他掉一回眼泪的，在带领村民脱贫致富中他没少受委屈，更没少吃苦，但他从没叫过苦，更没掉过泪，今天是说到扶贫队员的以村为家，一心为村民着想，不辞辛劳，不畏艰险的精神又深深地打动了他，他控制不住自己才落泪了。

去年夏天的一天下午，周训奎和刘启完一起上山走访村民，下山时遭遇暴雨，淋了个落汤鸡，在过一条溪流时，由于山洪暴发，水位上涨，原有的踏脚石都没在了水中，找不着了，两人只好手牵着手，小心翼翼地摸索着往对岸走。一个浪头打来，刘启完身子一歪，坐在了水里，同时感到脚下一阵钻心的疼痛。差点给他拉倒的周训奎忙用脚抵着石头，双手死死地牵着他的手，别让水把他冲走。上岸一看，刘启完的脚踝已经肿了起来。周训奎扶着他艰难地回到了驻地。第二天下午，刘启完扶着拐杖，说要上山，可才走了几步，眼泪就疼出来了。周训奎硬是把他背了回去。几天之后，肿消了一些，疼痛也有所减轻，他便不顾周训奎和梁忠贤等人的劝阻，说自己是来扶贫的，不是来休养的，硬是上山去了。然而，毕竟脚是伤着了，再也不能像原来那样轻快地翻山越岭了，每走一步就会痛一下，多走一会儿就得歇息一下。看着他走路那艰难、痛苦的样子，村民们都看在眼里，痛在心里。后来，出于对他的关心和爱护，省中行让他回家休养了一段时间，又提拔安排了职位，这对他来说也是一种肯定和慰藉。

离开龙池河村的时候，刘启完恋恋不舍，两眼湿巴巴的。前不久我见到他，提起当时的情景，他抹了抹潮乎乎的眼睛，一笑说："当时我在心里化用了一句诗，那就是'出师初捷脚先伤'，好不令人遗憾。"他摇摇头，"不过，现在看来，也没什么遗憾的了，因为接替我的许可比我干得更漂亮。"

而当我跟许可每每说到扶贫工作的时候，他总是说是刘启完给他打下了一个好基础，当初的工作比现在更艰难，更不容易。

今年初夏的一天晚上，周训奎和许可翻山越岭，一起去走访村民，返回时已是半夜了。正走着，在前头带路的周训奎突然听到后面"哗啦"一响，忙扭头一看，许可不见了。周训奎跑过去连喊了几声，没有应答，急了，也慌了，找了好一会儿，才在沟里找到了刚醒来的许可。许可忍着痛，说不好意思，吓着他了。周训奎扶着他慢慢站了起来，问他伤着哪里了没有，是怎么回事。他一手扶着周训奎，一手捂着腰，说不好意思，刚才一路想着丁家的困难，不小心一脚踩空了，掉了下来。周训奎说全怪他没照顾好，只管自己走去了，就没想着他这路生疏，那儿又是一个坎。第二天，周训奎劝他回省城休养几天，他说就腰扭了一下，没事，轻伤不下火线，当天下午就拄着一截木棒，又上山去了。

许可告诉我，那坎有十来米高，掉下去一时失去了知觉，醒来后的第一反应是还好，没有摔死，也没有缺胳膊少腿，又说也是运气好，没有直接掉在石头上，要是掉在石头上，那命都会没了，不过，再往右一点点，那就是一块大石头。我笑道，那是因为你是来扶贫，是在为村民们做好事，做实事，上苍有眼。

正因为许可一心扑在村上，他才被特聘为了村里的"第一书记"。队员也在无形中成了龙池河村的人，梁忠贤每次跟我见面，一开口总是我们村，我们村的。

说到茶厂的建设，周训奎又一次哽咽了，泪水吧嗒吧嗒地落在了发言稿上。会场一片寂静，我和记者都眼巴巴地看着他，满怀敬意，满怀期待。

"说实话，对茶厂进行升级改造，建新的全自动化的生产线，那当然是好，可要投入的钱不是一个小数目，扶贫队虽然说了中国银行会去想办法，但开始我真的没抱多大的希望，因为那太多了，要争取也太难了，当时我只是想，能弄一点钱来，将老茶厂的设备更换一些就算了不起了，可没想到的是，中国银行还真把钱打过来了，说是捐给村上的，不仅有建厂的钱，还安排了有机茶园田间改造的配套资金，一共有 260 多万元。"周训奎用手擦了擦泪水，"后来我才知道，这钱也来得不容易，还是魏行长亲自上北京汇报，去争取，得到了总行的支持，总行特批给了我们。"他说着站了起来，朝坐在对面的魏行长真诚地鞠了一躬。魏行长连忙起身还礼。

走进茶厂，周训奎一一介绍着现代化生产线的建设过程，以及生产的工艺流程等。魏行长对每一道生产工艺和每一种设备都仔细询问，并不时地爬到设备上方或是钻到机器下面，细心地观察。他说他是搞信贷出身的，对产品的工艺和机器的性能总是格外关注。

"都说'资金跟着穷人走，穷人跟着能人走，能人跟着项目走，项目跟着市场走'，我们的周支书就是我们村上的大能人。"龙池河村妇女主任向金元告诉我，周训奎做过多年的茶叶生意，有自己的茶厂，又有技术，有市场，将新的茶叶生产线交给他来打理，村民们都愿意，都放心。

上学了

"我家三口人，我自己 50 多了，身体不好，父亲长期生病，老婆又离世了，上下两代带着一个 14 岁的小孩，要没有人资助，孩子上学的费用都拿不出来。"特困生小兰（化名）的父亲望了一眼门外的太阳，"不过，我就自己不吃不喝，自己去乞讨，也不能不让孩子失学。孩子要是不读书，那一辈子也就只能跟我一样，窝在山里。"

一个山里的特困生的家长，对孩子的教育能有这个认识，我不由得对他敬意顿生。是啊，教育就是孩子的未来，就是山村的未来！

"前两个月，刚开学不久，邵书记来村上慰问，一进门，问的第一句话就是小兰上学去了没有。我忙说上了，上学去了。"小兰父亲激动得嘴唇有点哆嗦，声音有些颤抖，"邵书记那人真好，真是个好人啊！"

当了解到村上有的孩子上学有困难之后，省中行分管扶贫工作的纪委书记邵磊带头结对帮扶了两个特困生，小兰便是其中一个。他不仅一一上门了解情况，给予经济支持，还要求孩子们反馈学习和生活情况，激励他们发奋学习。他动情地说："让孩子上学，那是立足长远，是为了从根本上解决穷困。孩子通过读书，不仅可以改变个人的命运，也可以改变一个家庭、家族，甚至村上的面貌。"

为了让结对帮扶不留空白，扶贫队将全村 101 户建档立卡贫困户分成四大类：特困学生户、突发意外特困户、长期特困户和一般特困户，并由省中行 101 名机关干部分别进行结对帮扶。同时，还发动省行机关干部个人捐资 9.7 万元，为建档立卡贫困户平均每户购得 1 亩青钱柳树苗，并分发到户。目前，树苗长势良好，预计两年后即可产生收益。小兰父亲指着青钱柳说："这就是扶贫队送给我们的青钱柳，也是摇钱树。等过两年，有收入了，孩子上学的钱也就不用靠别人的资助了。"

在发动中行员工献爱心的同时，扶贫队还联系社会各界爱心人士积极参与进来，形成帮扶传递，爱心接力。2015 年 10 月，帮扶工作队将特困生小波（化名）推荐给岳阳籍爱心人士祝先生。祝先生每月给小波提供不少于 1000 元的资助，直至其大学毕业。可喜的是，小波在今年的高考中以优异的成绩被省内一所重点大学录取了，圆了他的大学梦。祝愿小波学有所成，心想事成！

……

想家了

夜幕下，山岭朦朦胧胧，灯光星星点点，山村一片祥和，一片宁静。山谷的溪流在欢快地流淌，山上不时传来一声狗吠。

梁忠贤是中行扶贫队驻村时间最长的队员，从扶贫队进村那天起到现在近三年的日子里，他一直默默地坚守着，战斗着。

我坐在驻村队驻地前坪的小木椅上，问坐在旁边的梁忠贤，在这里久了，是不是也有孤独和寂寞。他说白天是不会有的，因为没有工夫去孤独和寂寞，就是晚上一般也不会有，因为白天累了，往往一倒在床上就睡着了。停了一下，他又有些羞涩地说，不过，晚上偶尔还是有的，你要说完全没有，那是假的，我不骗你，最想的是孩子，当然，有时也还有老婆。我说这是人之常情，又谢谢他的真诚和坦率。他望一眼对面的山梁，说一旦有了，如果天气好，那就赶紧顺着路往前走，走进老乡家，跟老乡聊聊天，扯扯淡，那孤独和寂寞也就随之散了，如果刮风下雨，那就坐在台阶上，望着山上，想着老乡张家或是李家的事，想着想着，那孤独和寂寞也就跟着风雨走了。

正说着，一辆摩托在路边停了下来，车上的老乡热情地跟梁忠贤打着招呼，又说在房子旁边弄了一个水池，还少了水泥，去镇上买了一包。他站了起来，说天黑，慢点骑，到家给他打个电话，或是发个信息。老乡说一声好嘞，骑着摩托往山上去了。摩托的光柱在大山的夜色里书写着，与山间星星点点的灯光交相辉映。

我闭上眼睛，静静地坐着，静静地听着。

"你闻到茶香了没有？"我问梁忠贤。

"早习惯了。"梁忠贤呵呵一笑，指一下对面的朦胧的山岭，"就那边飘过来的，那是村上去年改造过的有机茶。"

听到了脚步声和说话声，我扭头一看，是许可和邹刚走访回来了。邹刚是新队员，正在许可的带领下熟悉村上的情况。

走进邹刚的卧室兼办公室，看到桌上摆着一个本子，我随手翻开一看，上面写着：

"10 月 23 日　晴　今天按照工作计划，我将在龙池河村四组谭组长的带领下前往贫困户家中走访。这是我第一次走村入户与贫困户进行面对面的交流。山路崎岖，坎坷不平，路边随处可见大块大块的石头横七竖八地堆在地上……田地里没有种植水稻，都是旱地作物，一路见得最多的作物是茶叶……也有的村民见缝插针地在路边种了一些蔬菜，有萝卜，有白菜什么的。有两户人家路还没通，只能乘坐谭组长的三轮摩托车到达简易公路的尽头，然后换乘两轮摩托车继续前进。眼看前面就是村民的家了，可我们爬坡过坎地走了半个多小时才进了村民的家。这家姓彭，名义上有三口人，实际上女主人已经几年没回家了，家中只有老母亲和一个有残疾的儿子，家庭几乎丧失了劳动能力，没有任何经济来源，脱贫只能靠政府的补贴和外界的资助。看着他们，我心里好难过，眼泪都出来了……"

"10月29日　雨　这两天，我继续完成101户贫困人员的信息档案资料整理和录入工作，并将每笔资料装入档案袋编号入柜。其中，13户特困家庭的资料需要重新进山登门逐笔核对（包括姓名、出生年月、家庭成员、电话号码、收入情况、是救济款还是打工收入、是否脱贫、何时脱贫、2017年是否能够实现脱贫，等等），因为国家、省里检查相当严格，不许有一笔差错，所以工作压力还是很大的。这一周一直在下雨，这两天是双休日，都在加班，不是开会就是整理资料。晚饭后就在房间，整理了一阵资料，一看时间，10点多了，房间没有电视，只好洗刷睡觉，可一上床，又睡不着了，想家，想孩子了……想着想着，又想到了周支书他们。现在的村干部比较辛苦，也不那么好当，因为村民的维权意识越来越强、信息来源越来越广泛，村干部要是工作不到位，村民是不会买账的……目前工作已经进入收尾阶段，工作队、村干部都不敢掉以轻心，更不敢麻痹大意……我虽然来到村上时间还短，没有经验，但我有信心、有决心。"

好一个有信心、有决心！

我合上本子，赞许地朝邹刚点了点头。他羞涩地笑了笑，边说不好意思，献丑了，边将本子放进了抽屉里。

……

尾声

在龙池河村探访的这两天里，我看到了许多，听到了许多，想到了许多……让我感动，感激，感谢……我为村民们发自肺腑地夸赞党和政府，夸赞中国银行和扶贫队员而感到自豪和幸福，也为村干部的勤政为民和村民的奋发进取点赞，为魏国斌行长的轻车简从和务实作风叫好，为记者的敬业和专业竖大拇指……

诚如周训奎所说，龙池河村的贫困村的帽子是摘了，可往后村上还有许多的工作要去谋划，还有许多的任务要去完成……少数人家还需要继续去帮扶，不能让其在贫困线上徘徊，脱贫了的不能返贫，要引领其走上致富之路，已经走在致富路上的，要助力其加快致富的步伐……个别人富了那还只是万绿丛中一点红，只有百花盛开才是满园春色……脱贫致富任重道远，还在路上。

扶贫是离不开资金上的投入，离不开物资上的分发，但扶贫绝对不只是这些，同时还必须有思想上、精神上、技能上的扶贫，扶贫不能只在一个方面，必须是多层面、多方位、多角度，是立体的。不能说贫穷、贫困是丑陋的、可耻的，但也不能说贫穷、贫困就光荣、自豪吧。然而，有的人就愿意贫穷、贫困，脱贫了也不想、不愿摘下贫困户的帽子，想着如果脱贫了，那国家的补贴和扶贫队的资助就没了，各级政府和相关部门的慰问也就不会进门来了，也有的人争着抢着哭着喊着要戴贫困户的帽子，还有的人是没有条件也要制造条件，把贫困户的帽子戴到头上……

形成贫穷、贫困的原因多种多样、千差万别，有的是地理环境恶劣，有的是天灾人祸所致，有的是自然灾害造成，有的是长年疾病拖累……也有个别的是好逸恶劳、好吃懒做，或是打牌赌博、不务正业，或是得过且过、不思进取……

如果是好逸恶劳、好吃懒做等而变得贫困，那就是丑陋的、可耻的！而没有条件也要制造条件把贫困户的帽子戴到头上，那就更加丑陋，更加可耻了！可以贫穷，但不能志穷，可以缺钱，但不能缺德。

因此，扶贫既要有资金上的投入，更要有感情上的投入，与村民们打成一片，做他们的朋友，真正了解他们的所思所想，了解他们的喜怒哀乐，真正融入他们之中去，做他们的一分子，改变他们的思想和观念，启迪他们的智慧和潜能，做他们的知心人，做他们的引路人；既要有灵活性，更要有原则性，要有一双火眼金睛，让真正的贫困户享受到国家的政策的润泽，得到帮扶的温暖，但也绝不能让那些投机钻营，甚至巧取豪夺之徒骗取同情，骗取补贴；既要有物资上的分发，更要做好思想上的武装、精神上的补钙，让劳动光荣、勤劳致富、勤俭持家的思想和理念在村民中深入人心，既要立足村民的眼前利益，更要着眼长远发展，找到致富门路，传授生产技能、经营技巧，让村民在致富路上走得长远，路越走越宽敞，越走越亮堂……

站在村口，回望山村，只见河水清澈如镜，层林尽染如画，公路蜿蜒如带，茶园翠绿如海，有记者激动地说："这景色真美啊！"

"是啊，真美！"我脱口而出。

在赞叹的同时，我不禁在心里问着，又是谁美丽了这龙池河呢？

答案有了，就在我心里，也在你心中！

上车了，我再次回望山村，在心底默默地祝福龙池河村的青山绿水不变，而龙池河村村民的日子越过越美好！

第十三章
怎样做好报告文学的采访

　　著名作家、中国报告文学学会会长徐剑认为，报告文学就是一种行走的文学，好的报告文学是行走出来的，好的报告文学作家要经过大量的田野调查、实地勘察、现场采访。他给自己定下一个写作之旨，读书行走。他说自己有三不写，走不到的地方不写，看不见的风物不写，听不到的故事不写。

　　著名作家、中国报告文学学会副会长陈启文曾说过，在所有的写作中，报告文学是最苦的写作，难度最大的写作，也是最吃力不讨好而且充满了风险的写作……报告文学写作的难度首先是采访的难度。可见采访对报告文学来说是一个非常重要的环节，是多么重要和必要。

有人说写好一篇报告文学，那是六分采访、三分思考、一分写作；也有人说是七采访、三分写作。不管是六分还是七分，都说出了采访对报告文学的重要性和必要性。这种采访又分为有意采访和无意采访。有意采访是确定了题材和采访对象之后，有目的有计划地对写作对象进行的采访；无意采访是在没有确定写作题材和采访对象之前，无意中与采访对象的交谈和交流，而这种无意采访往往有的成了后来有意采访的前奏。

一、采访之前要做好哪些准备工作

实践证明，采访的准备工作做得越充分，越细致，那采访就越省时省力，事半功倍，而如果准备不充分，不到位，那采访就达不到预期效果，事倍功半。那么，采访之前要做好那些准备工作呢？

（一）确定好采访对象

采访首先要明确去采访什么事，采访谁，也就是要确定采访对象。采访对象有的题材写的不只是一件事，是多个事件的有机组合，或写的不是一个人，而是一群人，这就要对多个事和多个人区别一个主次，区分一个详略，把握一个先后，等等。

（二）确定采访的角度

任何一个采访对象，从不同的角度去采访，那采访的方式方法和得来的素材是不一样的。采访的角度往往决定着写作的切入点和重点，相应地也决定着作品体现的思想和主题。

（三）确定采访的重点

一个典型事件从发生到结束有一个过程，这个过程会有许多环节，多条线索，还有事件产生的原因和经验教训，等等，一个典型人物的成长同样会有一个过程，会做过许多的事情，会有许多生动的故事，这都不可能一一都写出来，更不可能都一样去写，那就得确定重点写什么。

（四）学习有关党的方针政策和法律法规，了解当前宣传的主要任务和要求

这既是为了采访时站得高、看得远、问得准，做到不偏向、不跑调、不离谱，也是为后来的写作和发表少走弯路。

（五）搜集查阅与写作对象有关的各种资料

这主要包括写作对象本身的资料，和与写作对象有关的背景、行业、地理环境、民情风俗等资料。通过搜集查阅资料来对采访对象有一个基本的了解，有一个初步印象，也好在采访时能有的放矢。但这要注意两点：一是不要先入为主，带着印象去看待一切；二是在搜集查阅资料的时候，可能会发现写作的对象已经有人写过了，如果继续写下去，那就要避免重复，或是换个角度，或是写新的东西，或是往深里挖掘。

（六）熟悉与写作对象有关的专业知识

报告文学写作的对象无论是事件还是人物，都分散在不同的行业、不同

的岗位，这不同的行业、不同的岗位都有其相应的专业知识。这就要求作者必须学习相应的专业知识，虽然不要精通，但至少要有一个基本的了解，做到不说外行话，不出常识性的差错，避免出笑话，误导读者。

（七）制订采访计划

采访计划包括采访的目的、要求、对象、时间、地点、人员、步骤、顺序、内容等。

（八）列出采访提纲

采访提纲是作者在采访时向采访对象提问的纲要，这既是对采访对象的一种尊重，也可以避免采访时的疏忽和遗漏，确保能获得比较全面而系统的材料。

（九）明确分工

有的题材采访对象较多，参加采访的人也不止一个，这就要明确分工，各尽其责，避免重复采访或采访遗漏。

二、采访的方式有哪些

采访的方式多种多样，从采访的人数可分为集体采访和个别采访，从采访的对象可分为外围采访和核心采访，从采访的范围可分为点上采访和面上采访。

（一）集体采访和个别采访

集体采访的主要方式是开座谈会。开座谈会的好处，一是作者能跟与会者相互启发、相互补充，能在较短的时间内掌握较多的材料；二是节约时间，效率较高。开座谈会的缺点，一是参加座谈会的人有时不容易把心里话往外掏；二是有时如果引导不好，容易出现控制不了局面，达不到预期效果。

参加座谈会的人数不能太多，也不能太少，一般以 5 个人左右为宜。多了常常因时间匆促，谈不透；少了会不全面，获取的素材不充分。作者在开座谈会之前要把开座谈会的目的告诉与会人员，好让与会人员有所准备。作者要准备好座谈会的提纲，不能心中无数，谈到哪儿算到哪儿。座谈会要使用漫谈式的方法，创造一种轻松愉悦的氛围，让与会人员不受拘束，能围绕主题畅所欲言。座谈中要巧妙地穿插各种问题，引导与会人员全面深入地反映事件和人物的情况。与会人员发言时，作者不要随意打断，有什么疑惑或新线索可以先记下来，等与会人员发言完了或会后再补充采访。

个别采访包括采访主人公和其他相关人员。采访主人公主要是听其自我介绍，听其讲故事，谈感受，同时验证第三者所提供的材料，并从主人公本身发现和挖掘一些新材料来丰富作品内容。采访其他相关人员一是为了掌握更多素材；二是为了佐证主人公提供的材料。那么，个别采访要注意什么呢？

1. 采访前要对采访对象，特别是对主人公的经历、性格、喜好、忌讳等有所了解，这样采访时才好接近，能投其所好，有共同语言，能谈得下去。

2. 要与采访对象坦诚相待，以心相交。采访时，作者从表情到语言、从动作到提问要让采访对象感受到你的坦诚和真诚，让采访对象尽力消除担心和忧虑，要敞开自己的思想和心扉，与采访对象，特别是与主人公建立起感情，使主人公与你在感情上产生共鸣，这样才能使主人公毫无拘束地做到无话不谈。

3. 对采访对象要善于启发诱导，善于提问。采访那些比较谦虚或不善言辞的人物时，要从关心他的工作和事业，理解他的想法和心情的角度出发，善于启发诱导，巧妙发问，使其在信任和兴奋中向你陈述故事，表明心迹。这样你才能得到那些重要的材料、生动的细节和真实的思想。

采访中，集体采访和个别采访往往是结合起来，互为补充的，特别是在集体采访时，有人对主人公有不同意见，不便在会上明说时，那就得会后进行个别采访了。

（二）外围采访和核心采访

外围采访就是采访主人公外围人员，或者是与主人公相关的人员，包括主人公单位的领导、同事，和主人公的父母、妻子、儿女、兄弟姐妹，及主人公的邻里、同学、朋友、战友、师傅、徒弟等。采访时，既要听外围人员对主人公的赞扬，也要听对主人公的批评；既要听外围人员对主人公的正面意见，也要听反面意见，这样才有利于作者更好地全面了解一个人或一件事，更能实事求是地反映一个人或一件事。

核心采访就是采访主人公。主人公是作品的核心人物，是采访的重点，也是难点。可以这样说，采访主人公是否成功直接决定着作品的成败。

这在采访的顺序上，有的是先外围后核心，也有的是先核心后外围，还有的是外围与核心同时展开，这一般是事情比较复杂，需要采访的人物多，参与采访的人也多。

我写《爱的奉献》就是先采访李桃辉的领导和同事、亲朋和战友，还有她资助过的对象和当地的媒体记者等之后再采访她的。而写《油茶飘香》则是先采访李运其和许雄智，之后再采访他们的家人、邻里、村民、客户等。

（三）点上采访和面上采访

点上采访一般题材比较小，比较单纯，涉及的面不大，就在某一地，人物也比较集中，采访不需要跑多少地方，不需要采访多少人。

面上采访大多题材重大，比较复杂，需要采访的地域宽广，需要采访的人员众多，耗费的时间和精力也较多。

面是由点构成的，点多了就成了面。面上采访其实也是多个点上采访的集合。其实在采访中往往也是点面结合。

著名作家、中国报告文学学会副会长纪红建为了写好《乡村国是》，独自深入中国脱贫攻坚重点乡村，逐一采访了六盘山区、滇桂黔石漠化片区、武陵山区、秦巴山区、罗宵山区、昆仑山区、闽东山区等，涉及 14 个省（自治区、直辖市）39 个县（区、县级市）的 202 个村庄，花费了两年多的时间走访贫困户，带回了 200 多个小时的采访录音，整理了 100 多万字的采访素材。这整体来说就是面，而具体到每一个村庄每一个人，那就是点。

其实，一些大型的复杂的采访往往综合运用了多种采访方法，把集体采访和个别采访、外围采访和核心采访、点上采访和面上采访等结合起来，这样采访会多角度、多层次、多方位，既全面又精细，既有广度和宽度，也有高度和深度。

三、采访时要注意哪几点

采访尽管一般都已有所准备，但在采访时还是要注意以下几点：

（一）要看对象

对不同身份、经历、文化程度和不同个性、不同喜好、不同性别的采访对象，采访的方式方法也不一样，得因人而异，如对健谈的人，可以开门见山、单刀直入，直接提出中心问题，而面对那些不愿谈或不善谈的对象，那就要从对方最熟悉、最关心的问题谈起，从思想感情上与对方打成一片，消除对方对你的隔阂与戒心。

（二）角度要小

对采访对象提问不能题目太大，不能太笼统，如果题目太大，又很笼统，会让采访对象茫然不知所措，甚至产生畏难情绪和戒备心理，应该是提问的角度要小，把问题提得简单一点，具体一点，让采访对象容易回答，一个小问题采访完再转到另一个。这样一个接一个的小问题弄清楚了，串联起来一看，大问题也就弄明白了，会不仅清楚了事物的概貌，也获取了许多的细节。

（三）循序渐进

采访不能急躁，不能冒进，一般是先易后难，先浅后深，先一般后重点，先说事和人后说情和理，特别是不要一开始就提敏感问题，一开口就讲大道理，可以从拉家常或是采访对象感兴趣的话题入手，在适当的时候自然地转到正题上来，引导采访对象说故事，谈感想，进而如果能让采访对象完全敞开心扉，自然而然地说出掏心窝的话，说出从不跟别人说的秘密，那这采访就是真正的成功了。

（四）专心倾听

采访要提问，但更要学会倾听。采访对象叙说的时候，应该做到：一是认真倾听，不能心不在焉，漫不经心；二是不要急躁，不要随意、粗暴地打断采访对象说话，而是要善于从中寻找契机，巧妙地将采访对象说的引到采访的正题上来。

（五）注意变化

要注意采访对象的表情、动作、神态及语调、语气、语速等的变化，从变化中观察采访对象对所谈的事件和人物的态度，揣摩他的喜怒哀乐、心理活动等，适时调整采访的内容、进程等，以便更好地与采访对象进行交流和沟通，取得更好的效果。对采访对象感兴趣的事，作者应该表示关心，对采访对象感到悲伤的事，作者应该表示同情，在适当的时候，作者可以谈谈自己的经历、看法，以便与采访对象产生感情上的共鸣，从而使采访对象谈出自己思想深处的东西。

（六）认真思考

采访时，要集中思想和精力，边问边琢磨，边听边思考，随时应对各种变化。这变化来自两方面，一方面是采访对象，如采访对象突然将话题转移到了别的问题上边，或是避重就轻，甚至答非所问；另一方面是来自作者本身，如作者临时有了新的想法，有了新问题要问，这就都要作者总是处于思考状态，能应对随时出现的变化。

（七）善于捕捉

尽管采访前做了一定的准备，有了采访提纲，但采访中往往会出现一些新情况、新问题，会有一些新线索、新发现。这些新东西里边往往有生动的细节、感人的场景、动人的话语，等等，正是作者最需要的，也是最有价值的，而这都要作者有一种敏感性，能敏锐地捕捉住，从而提出新问题，获得新素材，得到新收获。

（八）虚心请教

时间、地点、姓名、数据等是报告文学真实性最基本的元素，事件的基本过程和人物的主要活动等也是报告文学真实性的重要方面，这些都需要采访对象真实、准确地提供，也要作者准确无误地记录，对有疑惑的、含糊不清的、似是而非的等等要尽力争取当场弄清楚。在采访中，难免有没听清、没听懂、没听明白的情况，这都不能大意，不能放过，要当场请教，直至弄清楚为止，一时实在弄不清楚的，可以先记着，下次再来。许多作品都是经过一而再、再而三地采访才完成的。

（九）造好气氛

采访气氛要融洽、自然。在采访中，如果采访对象一时回答不上或不愿意谈问题，那不要三番五次地追问，要善于转换话题，缓和气氛，或用商量的办法与采访对象讨论，在讨论中弄清楚情况。非要掌握的，但又是采访对象不愿意谈的问题，可以用打外围的方式来解决，也可以寻找新机会，运用迂回战术，旁敲侧击，从侧面来向采访对象了解情况，达到采访的目的。在采访过程中，要尽量不让采访对象厌倦，使采访对象沉醉在回忆的乐趣中。若实在采访不下去，而采访目的又未达到，可以先休息一下，或改日再采访，给采访对象一个思考的机会，或拉拉家常，说说笑笑，使采访对象无拘无束，心情愉快，愿意与你合作。

（十）做好记录

采访时，记录得越全面越详细越具体越好，而且记录要原汁原味。这要注意两点：一是在记录时不要随意区分"有用"和"无用"，认为"有用"的就记，"无用"的就不记了，其实这时是"有用"还是"无用"，你是无法把握和确定的，往往要等写作中甚至是作品定稿之后才知道；二是在记录过程中不要进行任何加工，要记录采访对象的原话。另外，采访结束时对一些重要的关键的东西要核实一下，以免因没听清没听懂和笔误造成的差错。

四、报告文学的采访与新闻报道的采访有什么异同

（一）报告文学采访与新闻报道采访的相同之处

1. 报告文学与新闻报道都需要采访，要通过采访来了解事情的真相和人物的情况，并核实已掌握的素材；

2. 报告文学与新闻报道都强调的是真人真事，真实是两者的生命线，因而采访都需要全面、客观，记录要详细、准确。

（二）报告文学采访与新闻报道采访的不同之处

1. 采访的着眼点不同。新闻报道往往从事件着眼，以事带人，而报告文学则更多地从人着眼，以人带事。这就要求报告文学作者在采访过程中要把了解人、熟悉人摆在首位，善于围绕人物去发现线索，发掘故事。

2. 采访的侧重点不同。新闻报道采访的重点一般在于弄清楚事件本身和人物的主要事迹就行了，而报告文学采访除了弄清楚事件本身和人物的主要事迹以外，还关注事件的来龙去脉和人物的成长经历，关注事件发生的原因和怎么办，关注人物的思想情感和内心世界，关注故事发生的场景和细节等，因为这才是写好报告文学最有用的素材。

3. 采访的时效不同。虽然新闻报道和报告文学都讲时效，但新闻报道的时效性更强，要求在事件发生后第一时间去采访，否则就没了价值，不再是新闻，而报告文学在时间上可以相对延后。

4. 采访的频率不同。普通的新闻报道采访大多一次就行，把事情弄清楚了，发了稿也就结束了，除非是做连续报道，或是做深入报道，否则不会再去采访，而报告文学往往需要一而再，再而三地去采访，甚至不计其数地去采访。

纪红建老师的长篇报告文学《马桑树儿搭灯台》2016 年 10 月《中国作家·纪实》首发，后由湘潭大学出版社单行出版。阅读这部优秀的报告文学，我们不仅可以体会到报告文学是走出来的文学，更重要的是还能从中学到许多报告文学写作，特别是采访的方法和技巧。

马桑树儿搭灯台（节选）

◎ 纪红建

　　见到七十岁的熊朝盛是在午饭后，他刚从亲戚家吃完饭回来，逮（喝）了不少酒，说话有些神神叨叨，走路也是东倒西歪的。他问我找他逮（干）什么。我说，采访采访您。其实之前电话联系过他，说今天下午来采访他的，但酒后的他，把之前的约定忘得一干二净了。他说，我有什么好逮（问）的。我说，说说您老母亲的故事。我话刚一出口，熊朝廷就板着脸一声不吭地瞪着我。他老伴也站在一旁，用不屑的眼光斜看着我。尔后，熊朝廷一边摇摇晃晃，一边冷冷地对我说，这三十年来，县里的市里的省里的国家的，还有（中国）香港的（中国）台湾的，男的女的，报社的电视台的，记者不知道来了多少了，我这里名片都一大堆了。他们一来，就只逮（问）我娘给红军领导带孩子的事，逮（问）来逮（问）去就那么些事，写来写去还是那个故事，没新意，你也不要采访我了，我不会接受你的采访。熊朝廷老伴插话说，你们这些记者也是的，每回一来，就把我婆婆的资料逮（拿）走了，一逮，就是肉包子打狗有去无回，记者同志，你回去吧，我家老头喝多了，要睡了。

　　一会儿，熊朝盛就睡着了。我知道，他是酒喝多了，说的是酒话，但细细想来，又不完全是酒话，似乎是真言。看得出，他的话语里有种不满，也有种期盼。不满是什么，期待又是什么呢？我更想知道。

傍晚时分，熊朝盛揉着眼睛，从屋里走慢腾腾地走了出来。看到我还坐在禾场里，熊朝盛连忙走了过来。他说，对不住了，对不住了，记者同志。我笑着说，没事，没事，你酒醒了就好。他说，我没醉，真的没醉，只是逮了酒话多点，想睡觉，但我说的都是实话真话，我这个人性子直，从来不说假话。逮（问）吧，逮（问）吧！

"除了您母亲是红军女儿队的，给红军领导养过孩子，您家里还有其他人当过红军吗？"我问熊朝盛。

熊朝盛没有立即回答我，而是用一种异常的眼神看着我。不一会儿，我发现他的眼眶湿润了。

原来熊朝盛家本来人丁兴旺，特别是他父亲辈更是达到了顶峰。他父亲共有九姊妹，六兄弟、三姐妹。熊朝盛说，我婆婆（奶奶）命苦啊，一生生了十五个孩子，只活下来九个。话又说回来，那时候苦啊，啥子吃的都没有，能活九个已经是烧高香了。我老儿他们兄弟六个，老大叫熊正才，我老儿叫熊正荣，排行老二，老三老四老五老四叫熊正什么的，我就不知道了，我出生的时候，除了我老儿，他们都没了。

……

于是，熊家这个原本朴实勤劳的家，因为思想的影响，开始发生着重大的变化。熊朝盛说，在我伯伯我老儿的影响下，我大幺二幺三幺，大姑二姑幺姑，都参加了红军，只有老六，也就是我四幺没参加。我爷爷和我婆婆以为儿女多，以后会儿孙满堂，现在可好，翅膀硬了，奈何不了，都飞出去了。听我娘说，本来我四幺也要去当红军的，一是年纪小；二是我婆婆死活不同意了，就连我爷爷也动怒了。我爷爷说，九个娃儿，八个当了红军，不少了，总得留一个在家，给我们养老送终吧！但四幺也跟着了迷似的，非得要去。我爷爷就说，幺儿，你要去，我就逮（打）断你的腿，让你一世也出不了门。我婆婆更绝，天天守着我四幺，四幺出去砍柴种地，从来不让他单独行动，我婆婆都要陪着，那可以说是寸步不离。

……

说到这，熊朝盛的眼里噙满了泪花。继而，他又抽泣起来。

一会后，熊朝盛又讲述起来，那狗日的刘酒桶不是人。红军前脚刚离开桑植，刘酒桶那狗日的就开始抓人杀人了。我娘告诉我说，先是我伯伯被杀，直接在红军党部被枪打死的，是被刘酒桶那狗日的人打死的。接着狗日的刘酒桶的狗腿子们，又气势汹汹地跑到我家，在我家耀武扬威的，把我小幺幺、大姑、二姑抓了起来。看着娃儿们被抓了起来，我婆婆急得跟疯子似的。她哭着叫道，凭什么逮我娃儿。刘酒桶的狗腿子说，凭什么？凭你教得好娃，个个给共产党给红军卖力，就该死。我婆婆说，我幺娃没当红军，就求求你们放过他吧。刘酒桶的狗腿子说，放过他，"通共匪"，照样杀。我婆婆又说，你们把我和我老头杀了吧，把娃儿留下。我婆婆刚说完，刘酒桶的狗腿子就开枪了，都朝着胸膛开的，头枪没打死，又接着补一枪。看着娃儿一个个没了，我婆婆一下子昏死过去。我爷爷想去拦住，但来不及啊，人家的枪多快啊！当时很多邻居都拉着我爷爷，小声地跟他讲，别往枪口上撞，去也只会送命，就认命吧！家里不还有娃儿吗！看着娃儿被活生生地打死，我爷爷能不心疼吗？他痛哭着，用头不断地撞着墙，撞得满地是血啊！

……

我老儿他们躲到了海洱峪，那里山高林密，他们更名换姓，住到了山里。没多久，我幺姑就嫁到当地了。我老儿和我娘在那里住了四五年，并且与其他同样留在这里的红军还有联系。有时，晚上的时候，他们会走上四五个小时山路，偷偷回家看我婆婆。再后来，我老儿和我娘逃到了湖北五峰山的大山里，直到1949年解放才回的桑植，我就是在五峰山出生的。但当我们回到老家时，我婆婆已经变成了一堆坟茔，与我爷爷、伯伯、小幺、大姑、二姑在一起。他们团聚了……

这时，熊朝盛拿出了他珍贵多年的发黄的烈士证，对我说，虽然我只有一个烈士证，但我是七个烈士的孩子。为什么？我伯伯、我大幺二幺三幺小幺，他们都没娶老婆，都没成家，都没后代，我是熊家唯一的男丁。情绪得到宣泄，熊朝盛眼眶一片湿润，泪水滚滚而下。

我知道，这是熊朝盛，这是老熊家，埋藏在心底多年的情愫。我也明白了，为何熊朝盛如此反感记者们那些老生常谈的采访与报道。

……

离开熊朝盛家，向他和他老伴挥手道别时，我才发现他家墙壁上的那张用粉纸打印的标识牌，是张家界市精准扶贫困标识牌。扶贫对象一栏写着：熊朝盛，致贫原因：因病；帮扶内容一栏写着：低保保障。

哦，熊朝盛家的生活依然艰辛！

此刻，我的脚步更加沉重！

第十四章
怎样增强报告文学的文学性

　　报告文学越来越受到社会和群众的关注和喜爱，从事报告文学写作的人也越来越多，特别是不少过去从事散文和小说创作的人也写报告文学了，与之相应的是报告文学作品大量涌现，无论是在报纸杂志发表的还是在出版社出版的作品，报告文学都占了相当的数量和分量。但不可否认的是，总体来看，报告文学不少作品还是"报告"多，"文学"少；有的"报告文学"就是新闻报道，或就是调查材料，或就是工作总结。

一、报告文学需要增强文学性

在报告文学需要增强文学性上，我们不妨先来看看当前一些著名的作家和评论家是怎么说的：

报告文学的"报告"是指材料的公共性、公众性和社会性。文学是指其书写的方式与方法。两者缺一不可。忽略"报告"的内容与明快性、大众性、丰富性，是一些小说家转化为报告文学写作的普遍毛病，过于叙事的拖泥带水；而记者出身的报告文学作家通常又少了文学性，叫人觉得乏味无趣。"报告"是为文学准备的，而"文学"是为"报告"服务的。

——何建明

报告文学中的文学元素以什么形态存在，占比多少，只要不损伤"内核的真实性"，就允许各显神通，各展身手了。无论如何它必须有文学性带给它的阅读张力和审美快感。有内核真实带给它的直戳人灵魂的力量。

——陆天明

报告文学和其他文学文体一样，都有一个不断提高文学品质问题。必须坚持报告文学就是文学的前提下，才能具体讨论报告文学如何提高文学品质以及补齐修复创作上的短板等问题。

——张　陵

如果把"报告文学"当作一个词组来看的话，它是一个偏正结构。"报告"是定语，是用来修饰、解释、框定主语"文学"的。"报告"在这里等同于真实，毕竟真实是报告文学不能突破的底线，失却了真实，报告文学就丧失了生命。报告文学的"报告"与"文学"的关系还可以从另一个角度来解读，那就是"报告"指代的是报告文学的新闻性。报告文学必须要有"报告"，没有"报告"的报告文学就失去了现实意义；同样，报告文学的"文学"也不可或缺，没有"文学"的报告文学就是精气神，就失去了审美价值。因为报告文学与诗歌、小说、散文一样，同样启迪灵魂，是直抵阅读天堂的文学文本。

——徐　剑

报告文学的"报告"主要是强调新闻的及时性、大的信息量，以及对时政等一些问题的立场的表达及分析议论；"文学"则主要指结构的独特、语言的优美诗意，是在达成这一文体的审美性方面所做出的努力。

——梁鸿鹰

茅盾先生在80多年前写的《关于"报告文学"》中就曾作过基本的论说："'报告'的主要性质是将生活中发生的某一事件立即报告给读者。题材既是发生的某一事件，所以'报告'有浓厚的新闻性""它跟报章新闻不同，因为它必须充分的形象化。必须将事件发生的环境和人物活生生地描写着，读者便就同亲身经验……""好的'报告'具备小说所有的艺术上的条件——人物的刻画，环境的描写，气氛的渲染，等等"。这里的关键词是"新闻性"和"形象化"。我想"报告"和"文学"的要义就包含在其中。

——丁晓原

基希说过这样一句话："事实对于报告文学作者只是尽着他的指南针的责任，所以他还必须有望远镜，和抒情诗的幻想。"我觉得基希的话很好地解释了报告文学中"报告"与"文学"的关系。报告文学的素材必须是真实的：时间、地点、人物等等，都应该有据可查，经得起历史的、实践的、大众的检验。真实的"报告"是一部作品的指南针，必须遵循这个方向行进。但是这个"报告"不仅仅要有素材的真实，还必须具有艺术的真实。而艺术的真实，实现途径就是文学，也就是基希口中所说的"望远镜"和"抒情诗的幻想"。如果一部报告文学只有"报告"，而无"文学"，那就像一首歌词没有音乐，一只小鸟没有翅膀。

——刘笑伟

如果说，报告文学的发端是以记录、呈现或报告为主，那么随着人类生活的变化和文体的逐步成熟，随着生活的多元化和复杂化，人类的行为和精神活动都具有了潜隐性，很多事物的真相和本质都潜藏在远离表象的深层，这就要求报告文学也要相应地进入生活和人们精神世界的深层。对文学性的高度强调，已经成为报告文学发展的自身需求。如此，新时期的报告文学无论从视角还是创作技法上，都应该有一个由浅入深、由表及里、由简单到复杂、由呈现到思考、由强调现实事件的呈现向人性和命运深层渗透的深刻变化。报告文学毕竟是文学，要想让报告文学保持它应有的辉煌或存在价值，作家们必须要有一个高度的文学自觉，努力使报告文学在文学的向度上有一个深度回归。

——任林举

报告文学要真实地反映现实，并不等于报告文学要采取一种照相似的、镜子式的被动的反映，而应该是一种能动的、积极的、艺术的反映，要运用艺术化的表现和表达。这就需要作家充分发挥艺术想象，对创作素材进行必要的艺术加工和艺术锻造。报告文学的报告性指的是它所传递的信息和内容具有新闻性价值。而报告文学的文学性则指的是它必须是一种艺术的讲述，能够引起人们情感共鸣，能够作用于人的心理、心情和思想、精神世界，也就是要运用艺术的方式来处理素材和题材、人物和事件，要通过必要的丰盈的想象，充分调动主观能动性，对历史真实、事件真实进行艺术性的加工和表现，要充分发挥作者的艺术想象力和表达力，体现作者的思想、审美感受力和领悟力。优秀的报告文学一定是报告和文学的完美统一，是艺术化的文学报告。

——李朝全

我认为报告是观察，文学是升华。所谓报告是观察，是指作者对于生活真实的捕捉与选取。这考验的是创作者的敏锐度。这种敏锐度是基于生活的经验、对生活的思考以及创作的能力。具有敏锐观察力和判断力的创作者可以挖掘到最符合时代、最受到关注、最具有意义的故事与题材，使得"报告"更有价值；而"文学"是升华，是指创作手法以及对现实的再编辑。

——秦　蕾

"报告文学"四个字的落脚点在"文学"二字上，"文学"才是报告文学的根本，或者说本质。但这并不是说不要"报告"了，"报告"同样重要，它要求报告文学作品具备强烈的使命感和时代特征。"报告"是对写作者思想、哲学等知识的考量，"文学"同样是对写作者文学修养的考量。同时，"采访"，或者说"行走"，也在"报告"的范畴，有些写作者虽然深入采访了，但不一定能够具备看透事物本质的能力，其写出的作品，即使有一定文学性，也失去了报告文学生命的意义——真实。

——纪红建

报告文学从"报道""特定"发展而来，"报告"在这里是对事实真相做出披露和报道的意思，不能理解为下级对上级的工作汇报。"报告"当然就是报告文学的题中应有之义。"文学"在这里是报告文学的文体定位，即报告文学属于文学的范畴。就对报告文学写作的文学性提出了要求，要用文学手法记事写人。

《包身工》《谁是最可爱的人》《一九三六年春在太原》《哥德巴赫
猜想》等经典报告文学作品就很好地处理了"报告"与"文学"
之间的关系。

——黄菲莂

从上面这些著名的作家和评论家说的可以看出,文学性是报告文学
的重要特征,报告文学需要文学性,需要增强文学性,报告文学如果只
有"报告",没有"文学",或者缺乏文学,那就不是报告文学,或者至
少可以说不是好的报告文学了。

二、怎样增强报告文学的文学性

著名报告文学作家理由在《和青年谈谈报告文学》中说:"除了虚构与
概括的手法不宜引进报告文学,其他一切属于表现形式的文学手法都可
以在报告文学中充分调动。调动得越好,就越逼真;越真实,就越富于
艺术的感染力。"这告诉我们,"除虚构与概括"外,巧妙的构思、合理
的想象、生动的描写、真挚的抒情和相应的修辞手法的运用,等等,都
是可以增强报告文学文学性的方法和技巧。

具体来说,增强报告文学的文学性可以主要从以下几个方面下功夫:

(一)心中有想法

这是说一方面要在思想上要重视报告文学的文学性,从构思到采访
到写作的每一个环节都要注重报告文学的文学性,真正从文学的角度来

思考来写作，不只是把事件和人物报告出来就行了，也不能只是把事件写得就那么个事、人物写得就那么个人就好了，而是要把事件和人物写得生动形象，能感动人、感染人，让人乐意读，记得住。

（二）设计好结构

报告文学与小说有相通之处，就是都要需要，也必须注重文本结构。不少优秀的报告文学作家和报告文学作品都吸收了小说的时空处理方法，采用了小说的倒叙、插叙等叙述方式，借鉴了小说的提炼、裁剪等手法。一个报告文学，特别是中长篇报告文学，如果只是平铺直叙，没有重点，没有曲折，没有详略，没有起伏，那不可能成为优秀作品。

（三）把握好节奏

报告文学也是叙事文学，需要把握好叙事的节奏。现在报告文学写作普遍存在一个问题，就是太多的过程，太长的过场，叙事显得冗长、拖沓，显得臃肿，不精练。这其实就是没有把握好叙事的节奏，该快的没快起来，该慢的没慢下来。这就要对事件和人物的素材进行充分梳理，与读者的阅读心理结合起来，合理地安排好叙事的节奏，做到长短相宜、疏密相间、快慢有度。

（四）描写好场景

报告文学需要通过一个个场景，特别是设置戏剧性场景来推动情节发展，体现人物个性。报告文学是叙事文学，也就是要讲故事，而故事总是发生在场景里。在这场景里，有时间，有地点，有人物，人物会说话，会动作，会表情，会有冲突，会有矛盾，而正是这一些把人物的思想情感和内心世界表现了出来，把人物性格刻画了出来。

（五）安排好细节

报告文学和小说一样，都需要细节，通过打动人心的细节安排，使作者的文字和读者的心灵抵达新闻报道和小说想象力所不能及的地方。《史记》千百年来被一代代文人墨客奉为民族的信史与文学圭臬，就在于那些珍珠般的经典细节，令人过目不忘，千古咏叹。精彩的细节往往信息量很大，包含许多的东西，如人物的命运、性格、情感等蕴含其中，故事的场景、环境、气氛等展现在眼前。如"她什么书都要翻一翻，不过她最喜欢的还是童话。她看安徒生的《海的女儿》、她看格林的《白雪公主》，最使她着迷的可是《丑小鸭》……一天傍晚，小黄宗英与父亲一起在庭院里纳凉时，她又双手撑着脑袋，向父亲提出了那许多的为什么。最后，她神秘地凑在父亲的耳朵上，一字一句地告诉父亲：'如果有一天，我也能像丑小鸭那样飞起来就好了！'"（摘自《"丑小鸭"的故事——报告文学家黄宗英的报告》）这个细节不仅表现了小黄宗英憧憬美好，立志奋发的理想，而且同时成为作者结构全篇的"纲"。

可见报告文学的细节化就是报告文学文学性的具体体现，也是增强报告文学文学性的重要手段，而现在报告文学缺乏的就是细节。但要注意的是，虽然报告文学和小说都注重以细节刻画人物，但是两者的细节来源有着质的区别。著名报告文学评论家丁晓原认为："小说创作中作者可以将积淀于自己记忆中的若干生活原型的细节汇集于一人，而报告文学受'报告'特性的限制，必须写真人真事，所以其中的细节只能是真实存在的人物所实有的，作者没有艺术虚构的权利。小说的细节取决于作者丰厚的生活积累，报告文学的细节则有赖于作者扎实的采访。"

（六）锤炼好语言

有人把人物、结构、语言看成是小说最重要的三大件，其实人物（事件）、结构、语言对报告文学来说一样重要。报告文学从散文中分离出来，与新闻又有着密切的关系，跟小说又有诸多的相似之处，自然地报告文学的语言与散文、新闻、小说的语言就有了内在的关联，融合了散文语言的优美、抒情性强，和新闻语言的准确、概括性强，小说语言的形象、表现力强等，从而形成了自己的语言特征，主要就是语言的真实可信、饱含情感、富有表现力和张力。

（七）运用好修辞

灵活自如地恰到好处地运用好比喻、比拟、象征、借代、设问、反问、排比、反复、双关、对比、衬托、烘托、谐音、通感等各种修辞手法，是增强报告文学文学性的有效方法和途径。如夏衍在《包身工》一文中写道："看着这种饲养小姑娘营利的制度，我不禁想起孩子时候看到过的船户养墨鸭捕鱼的事了。和乌鸦很相像的那种怪样子的墨鸭，整排地停在舷上，它们的脚是用绳子吊住了的，下水捕鱼，起水的时候船户就在它的颈子上轻轻地一挤！吐了再捕，捕了再吐，墨鸭整天地捕鱼，卖鱼得钱的却是养墨鸭的船户……将这种关系转移到人和人中间，便连这一点施与的温情也已经不存在了！"

要注意的是，夸张是小说、散文、诗歌中使用得非常多，又效果好的一种修辞手法，但夸张在报告文学中就得谨慎使用了，因为报告文学强调的是真实。

此外，报告文学还可以适当借鉴使用戏剧的对话艺术、电影的分镜头叙述和诗歌的跳跃手法，等等。

第十五章
怎样把握好报告文学的篇幅

　　有人说不知道报告文学写多长好，写长了怕自己驾驭不了，写不好，或怕素材不够，铺展不开，或怕人说啰唆，是懒婆娘的裹脚布，或怕不好发表，版面有限，写短了又怕自己意犹未尽，不能充分表达和展现，或怕别人说没写出那个味道，浪费了一个好题材；有人说有时想把报告文学写长点，却怎么也写不长，总觉得没东西可写，有时文章写出来了，但写得太长，不知道怎么弄短一些，砍这里不舍，削那里心疼，左右为难。

　　报告文学跟小说、散文等一样，有短篇、中篇、长篇之分，写多长为宜，可从以下几个方面来把握：

一看题材。这说的是量体裁衣。一般说来，重大题材是可以写成长篇，或中、长篇的，而小题材就写成短篇，或中、短篇。但题材也不是绝对的，并不是重大题材就一定要、一定能写成长篇，也可以写成中、短篇，而小题材一般是不容易、也不好写成长篇的，小题材写成长篇，那一般会节奏慢、密度大，显得臃肿、拖沓，要想写好，那除非结构、人物、语言等都非常出色。

二看素材。这说的是看菜吃饭。就是根据掌握的素材来决定写多长，如果手头可用的素材不多，特别是可用来写到文章里的干货不多，那就没有必要去堆砌，更不要去东拉西扯地拼凑。这与查阅资料和采访，特别是采访是否充分、是否到位有关。有的题材很好，事件和人物也很典型，但由于采访不充分，作者没有掌握到相当的素材，那也是巧妇难为无米之炊。还有的题材比较敏感，不便于对外披露和公开，或是情况相当复杂，一时难以弄清楚，那就是题材再重大，也无从下手，不好去写。

三看载体。也就是看作品是在报纸杂志上发表，还是在出版社出版，还是放在网络平台上，一般说来，短篇篇幅短小、内容简洁、文字精练、主题明了，适合在报纸上发表，长篇篇幅长、事情庞杂、人物众多、内容丰富，适合在出版社出版，中篇介于两者之间，宜在杂志上刊登，而网络平台一般可长可短。

四看需要。现实题材的报告文学大多是将某一重大事件，或某一重大发现，或某一重大成果，或某先进单位、某先进个人的事迹等用文学的形式进行"报告"。这就往往要看人家对"报告"的需要了，一方面要看人家需要你写什么、怎么写、写到什么程度、写出个什么样子等；另一方面要看人家是做内部宣传还是要对外宣传，或是内外宣传都要，是要在报刊上发表还是要编印成册，甚至出版发行。

五看时机。就是要根据情况的变化灵活机动，该短则长，可长则长。这时机由题材、素材、载体、需要等多方面综合体现出来，适时把握。如我在写扶贫题材的报告文学时，就先写了多篇短小的报告文学发表在报纸上，之后写了一个中篇《为了共同的事业》，发表在杂志上，后来随着采访的增多和深入，又出版了报告文学《驻村：为了共同的事业》，而《驻村：为了共同的事业》出版后，我还写了两个短篇。

六看能力。就是看自身的创作能力，量力而行，如果还没有驾驭长篇的能力，那就先写短篇，积累一定经验后再尝试中、长篇，这样循序渐进地写作，是大多数人的成长之路，也是成功之路。

由此可见，报告文学并非只能写多长，也并非非要写多长，还得看情况，有话则长，无话则短。至于想长长不了，想短短不来，那关键在于提高自身的文学素养，素养上去了，问题自然就解决了。

李炳银老师曾说：

　　报告文学篇幅长短，其实是各有利弊。短小便于操作，有利于对现实的社会人生做快捷的反应。可是，短小了，容量就有限，作家再快捷也追不上事情的变化，也就容易单薄和肤浅；长篇自然运作缓慢，但可以包容更多的东西，在和现实保持一点距离的时候观照事情，所以就比较容易做到全面和深刻。报告文学作家要学会能动地利用长短来发挥报告文学不同的优势。

铁流老师在他的《短篇有短篇的好处》中说：

对很多作家来说，总觉得写出洋洋几十万字的长篇作品，才能展现自己的整体水平和实力。是啊，厚厚的一本书，拿在手里该有多么踏实，多么熨帖。我也不例外，前些年，我一直在忙于长篇作品的创作。自己总认为长篇视野宽广，可以在纵深处驰骋，可以在文学的长廊里塑造一个又一个精彩的人物。

长有长的优点，短有短的好处。所谓"尺有所短，寸有所长"就是这个道理。……短篇小说如此，短篇报告文学也应该如此。徐迟先生用诗一般的语言写就的《哥德巴赫猜想》，仅有18000字左右，可所产生的影响是巨大的。

2015年，《人民文学》发表了我的报告文学《一个村庄的抗战血书》。这个题材得来比较偶然，是从电视上知道的信息。后来我按捺不住兴奋，很快就来到了故事的发生地莒南县渊子崖村，经过数日的深入采访，我获得了丰富素材。以素材而言，完全可以写一个洋洋数万字的作品。可是这一次，我没有这样做，没有像以前那样铺张开来写，而是在"寸"上下功夫，于是就有了这个短篇报告文学。……

报告文学作品，是作家用脚走出来的，在我看来，无论长篇短篇，都要深入采访。没有扎实的挖掘，长篇写不好，也不会有好的短篇。

《包身工》《谁是最可爱的人》《哥德巴赫猜想》《扬眉剑出鞘》《木棉花开》等短篇报告文学，与《唐山大地震》《马家军调查》《远东朝鲜战争》《根本利益》《乡村国是》等长篇报告文学，一样是优秀的报告文学作品。

第十六章

为什么报告文学最容易写又最难写

有人说，报告文学最容易写；也有人说，最难写的就是报告文学；还有人说有时觉得报告文学最容易写，有时又觉得报告文学最难写。

为什么报告文学最容易写，又最难写？

一个最难，一个最易，这不是矛盾吗？

不，这并不矛盾，只是同一个事物从不同的角度来看，正所谓"横看成岭侧成峰"，只是同一个人在不同的时间、地点、场合等条件下对同一个事物的理解上的差异，正是"此一时，彼一时"，只是不同的人面对同一事物的不同的认知和把握，也就是常说的

"因人而异"，等等。

有人说写报告文学之所以容易，那是因为有现成的人或事摆在那里，人就那么个人，事就那么个事，只要"照样画葫芦"，把"葫芦"画出来，画得像就行了。

有人说写报告文学之所以难，那是因为虽然可以"照样画葫芦"，但要把那"葫芦"画得活灵活现，画得栩栩如生，就那个人，就那个事，还真是难，不容易。

其实，要说报告文学容易写，那也没错，毕竟报告文学的写作对象是现成的，不需要自己去东寻西找，素材摆在那里，只是需要你去搜集，你去采访，你去挖掘，你去提炼，不需要像写小说那样，素材全要你自己去淘（尽管有的有原型，但原型只是原型，并不就是小说里的人物，小说里的人物也不是生活中的原型，不能对号入座）。你只要掌握了报告文学一些基本的写作方法和写作技巧，在坚持真实原则的基础上，把事情的来龙去脉层次分明、详略得当地写出来，把人物成长的故事有场景、有细节地讲出来，那一篇报告文学也就出来了，而且不会差到哪里去。

不过，要说报告文学难写，那还真是。难就难在：

一是难在正因为报告文学的写作对象和素材是现成的，这就相当于给你的写作画了一个圈，画了一个框，你就不能突破这个圈，只能在这框里去写，特别是有的报告文学一开始就给你有所限定，有一定的条件和要求，那就更要注意了。

二是难在报告文学写的是真人真事，必须讲求真实，只能是个什么事就写成什么事，是个什么人就写成什么人，不能为了突出什么而虚构，更不能为了凸显什么而编造，但又不能把报告文学写得那么呆板，毫无生气，跟一般材料似的。

三是难在采访。虽然报告文学的题材和素材都摆在那里，但素材有的是显现的，有的是隐性的，而这些隐性的总是更有价值、更有意义的，总是最精彩、最有表现力的，总是你最需要、最想得到的。这些隐性的又往往大多不会在现有的材料中，而是在当事人的脑海里，在知情人的心海里，而你要想把文章写好，那就得让采访对象原原本本地说出事情的真相，说出现场的情景，真实地说出所看到的所听到的，特别是细节，要让采访对象说真话，说真心话，说出当时的真实的想法和感受。问题是有的采访对象出于某种原因，接受采访时往往会有所保留，不会竹筒倒豆子——直来直去，不会知无不言，言无不尽。何况眼见不一定为实，看到的不一定是真实的。这正是采访的难处，也是报告文学难写的地方，而采访好又是写好报告文学的前提和基础。

四是难在把握分寸。政论性是报告文学的三大基本特征之一。也正是政论性这一基本特征赋予了报告文学的教育和启发、总结和反思、批评和批判、揭露和抨击等功能和作用，赋予了报告文学作者一种权力和责任。这就要把握好一个分寸了，如果尺度过小，轻描淡写，那会不痒不痛，不会引起读者的共鸣，起不到应有的作用，如果过于尖锐、过于激愤、过于猛烈，火药味太浓，又会让人难以接受，引起读者的反感，甚至可能会误导读者，遭到读者的指责，这就有悖初衷了。

五是难在文学上。有作家或评论家直言不讳地说，我们的报告文学一直存在一个通病，那就是许多的报告文学只有报告没有文学，或是少有文学，包括有的名家的作品。这一方面指出了一种现象；另一方面也说出了报告文学要写出一定的文学性，成为真正的文学作品还真不容易。当然，报告文学虽然是文学，但其主要功能还是报告，只是以文学来报告事件或人物，这才是报告文学的根本，不能为了文学而文学，不能为了强调文学性而忽略或削弱了"报告"。

六是难在深度上。报告文学应该不只是报告一个人物或一个事件，通过报告这个人物或事件，告诉人们有什么、是什么这个表浅的层面上，而是要往深里写，让人们知道为什么、还会怎么，让人们从中有所感受，有所感知，有所感悟，从中得到启发，受到教育。

"文章千古事，得失寸心知"。其实写文章有难易，又没难易，要说难，那写什么都难写好；要说易，那什么都容易写出来。不管是写小说，还是写散文，还是写报告文学，都没有捷径可走，没有偏方可用，但只要你不断地认真学习，不断地提高本领，不断地扎实深入生活，不断地从生活中采撷鲜活的素材，不断地写作，不断地在写作实践中提高，那难就会变得不难，你就会写出优秀的报告文学作品来了。你看：

徐迟报告文学奖在向你招手！

鲁迅文学奖正等着你去摘取！

后　记

一

作为一个写作爱好者，不知不觉已孜孜不倦地书写了三十多个春秋，从教育战线转入金融系统也有三十年了。在金融系统这三十年里，我的业余写作坚持面向社会、立足金融，聚焦金融、服务社会，已发表、出版了400多万字的各类作品，作品多次获省级以上奖励，收入多个选集，也正因为这样，我的业余写作得到了单位的支持，得到了监管部门的肯定，得到了社会的认可。

十年前，按照工作需要和单位领导的要求，我从二十年里发表的上千篇新闻作品中每年选择两到三篇，分为通讯、消息、言论三个部分，加上《新闻写作 ABC》《如何做好一个通讯员》《写稿是个好老师》三篇文章，编写成书出版，名为《历程》，作为供通讯员和写作爱好者学习借鉴的参考书。时任湖南省委宣传部副部长、省新闻工作者协会主席、省新闻学会会长的李凌沙先生为之作序。之所以取名《历程》，是翻阅书本一来可以看到中国经济金融改革和发展的进程，感受到时代的脉络；二来可以看到作者写作的成长过程，感受到写作的苦乐酸甜。

十年来，总不断地有人提及《历程》，希望能再版。这让我感到欣慰，也有些愧疚和担心，几番动手又作罢了。2021 年 8 月，我的长篇小说新作《格局》出版，正准备着手创作下一部长篇小说之际，有人又一次跟我谈起了新形势下的宣传工作，并建议我编写一本怎么写报告文学的小册子。我一听不由得拍案叫好，因为报告文学正越来越受到社会和民众的关注和喜爱，也正是我这两年来一直在思考，怎么利用报告文学向社会和民众推广品牌、推介产品、推出典型，等等，促进经济社会的发展，怎么让更多的人学会写报告文学，让更多的人来写报告文学，记录新时代的成就，书写新时代的创业，讴歌新时代的典型。之后，我将这个想法跟一些报告文学名家和单位领导一说，他们都非常赞成和支持。于是，我决定编写《零基础教你写报告文学》这本书，并将长篇小说创作的计划搁置了下来。

报告文学是文学中与新闻最接近、关系最密切的一种体裁和样式。有人说新闻的结束就是文学的开始，新闻告诉你是什么，文学则还要探究为什么，因而文学往往比新闻更有高度和深度、宽度和厚度。近年来，既是工作的需要，也是写作视野的扩大，和对报告文学有了兴趣，我在写新闻和散文、小说的同时，写了一些报告文学，如《月塘村里茶油香》《城里银行进村来》《爱的奉献》《为了共同的事业》《春天的记忆》《油茶飘香》，并出版了报告文学集《爱使桃辉》《驻村：为了共同的事业》等。这里边既有写事的，如《城里银行进村来》，也有写人的，如《爱的奉献》；既有写银行的人和事为主的，如《为了共同的事业》，也有写社会上企业家为主的，如《油茶飘香》，既有短篇，如《春天的记忆》，也有中篇，如《爱的奉献》；既有单篇，如《月塘村里茶油香》，也有结集的，如《爱使桃辉》。

《零基础教你写报告文学》共 16 章，20 余万字，既有报告文学基础知识的介绍和创作理论的探索，也有报告文学作品的赏析和写作技巧的讲解，并将两者有机地结合起来、融合起来，条理分明、脉络清晰，内容丰富、形式多样，深入浅出、言简意赅，既有一定的理论性、学术性、专业性，也有较强的操作性、可读性、实用性，既可供广大报告文学写作初学者作为教材学习，也可给广大文学爱好者作为参考读本借鉴。

在《零基础教你写报告文学》的构思、编写和出版的过程中，得到了徐剑、李朝全、纪红建、阎雪君等老师的指导和推荐，得到了何建明、李炳银、李春雷、陈启文、丁晓原、梁鸿鹰、铁流、张陵、任林举、刘笑伟、陆天明、梅洁、李晋雄、章罗生、秦蕾、萧森、朱晓军、徐锦庚、黄菲茵等老师的支持和帮助，得到了湖南省金融工会和中国银行总行多个部门及中国银行湖南省分行的关心和支持，在此一并表示衷心感谢。由于水平有限，书中难免有不妥之处，敬请批评指正。谢谢！

2022 年 4 月 6 日

于长沙

报告文学是文学中与新闻最接近、关系最密切的一种体裁和样式。有人说新闻的结束就是文学的开始,新闻告诉你是什么,文学则还要探究为什么,因而文学往往比新闻更有高度和深度、宽度和厚度。

报 告 文 学 写 作 教 程
零基础教你写报告文学